講談社文庫

新装版

北斗の人(上)

司馬遼太郎

講談社

目次

於菟松	七
蜂の巣	三四
雪　江	五九
松　戸	九五
古賀の里	一六一
矢切河原	一八六
松戸の日々	二〇三
泥細工	二六八
茶碗酒	三二三
旗本屋敷	四三一
愛　憎	一六四三

北斗の人（上）

於菟松《おとまつ》

一

土地では、馬、馬、とよばれていた。

獰猛《どうもう》な感じがするほど、筋骨の発達しすぎた男である。

とくに顔がながい。

あごが胸まで垂れ、ものをいうとあらあらしくあごが動き、もうそれだけでも村の者はおそれた。

「けさ、大杉の下で馬がものを言っている、とびっくりしたら、幸右衛門様であった」

幸右衛門。——姓は千葉氏である。ただし百姓だから、公然とは姓はとなえられない。

「若いころ、武士であったぞ」

と称しているが、元来、猜疑《さいぎ》ぶかい村人たちは信用していない。

（どうせ法螺《ほら》だべ。馬が武士であってよいものか）

と肚《はら》のなかでは笑っている。

多少、村人たちがこのいわば他村からの流れ者を様づけで尊敬しているのは、おなじ栗原郡の郡内に花山村という村があり、そこに苗字帯刀をゆるされた千葉清右衛門という郷士の家がある。――馬は、その清右衛門家の二男としてうまれた、ということを村びとたちは知っているからだ。

二男というものほど苦労多いものはない。うまれ落ちたときから家とはなれねばならぬ運命をもっている。幸右衛門は成人すると、実家をはなれ、めしを食うためにさまざまな苦労をした。かれが剣術を身につけているのも、この技術でなんとかめしが食えるか、とおもったからである。二男坊にとって、芸だけが身をたすけるであろう。

奥州を転々とした。

武士だったこともある、というのは、若いころ秋田藩の藩士某の家に若党奉公をしたという経歴を、多少、馬は潤色しているのである。

この陸前《りくぜん》(いま、宮城県)栗原郡荒谷《あらや》村にながれてきたのは、五年ほど前である。流浪《るろう》中に、子もできた。

男ばかり三人である。

うんだ女は、馬が陸中気仙《けせん》郷にいたころにめとった土地の娘だと村人はきいているが、しかしこの荒谷村にきたときはすでに死にわかれて世にいなかった。

——人生、功をなさずに、出来たのは子ばかりか。

と、ぞろぞろと子供をつれてこの村にやってきた幸右衛門はかなしかったであろう。

かれにとって、まるきり縁のない村でもない。

荒谷村にきたのは、この村に千葉家の遠縁の老人が住んでいたからであった。そこで身を寄せるうち、ずるずると、養子になった。やっと幸右衛門は、三界に身を寄せる場所ができたといっていい。

老人は、千葉吉之丞といった。

この村の郷士で、若いころ村を出て相馬中村侯につかえ、剣技をもって鳴った。正真正銘の剣客であった。

名人とはいえない。相馬藩にいたころ、上山《かみやま》角之進という剣客と殿様の御前で剣技をあらそい、みごとに負け、退散して村にもどった。いまの暮らしは、農である。

養父も養子も、いったん世に出ようとして夢中で世間をあるき、ついに世にやぶれて山村に身を潜《ひそ》めている、という点では、まったく共通している。

どちらも、野心家である。

が、その野心はくじけた。

だからおそろしく話があい、実の親子よりも仲がよかった。

養父吉之丞は、この山村に隠れてからなおも自分の剣を工夫し、ついにみずから北《ほく》辰《しん》夢想流という流儀をあみだした。

それを、幸右衛門に教えた。幸右衛門は唯一の弟子といってよかった。

「幸右衛門、剣もかんじん、妙見《みようけん》さまの信心もかんじんぞ」

といって、朝夕、邸内の妙見宮の小祠《ほこら》に祈念させた。

妙見とは、北斗《ほくと》七星《しちせい》（北辰）のことである。古代中国にはこの北天にかがやく星を神としてまつる土俗信仰があり、それが仏教に入りまじって日本に渡来し、ふるくから「妙見さま」として諸国にひろまっている。

吉之丞老人は、この星の狂信者といっていい。この星神が夢まくらに立ってついに一流儀を自得した、と信じ、流儀の名を「北辰夢想流」とした。

それは、まあよい。

食えなかった。こんな大田舎では剣もめしのたねにならないし、それに田がひどくすくない。

「養父上《ちちうえ》、なにか致さねばなりませぬな」

と、馬の幸右衛門が、ある日、吉之丞老人にいった。

「なにをだ」

「世すぎ身すぎをでござります」

「そうだな」

ふたりの敗残者は、相談した。食えなくなれば医者でもやるしか仕方がない。

「幸右衛門、村で医者をやれ」

といった。

医者しかあるまい。医者ならば、二三日、家にひきこもって書物をよめばなんとかなるだろう。幸い、吉之丞老人の親戚に、古川という土地で医者をやっている者があったので、そこで薬箱の使いふるしを譲ってもらい、それと「医方明鑑」四巻をかりてきた。その四巻を十日かかって書き写すと、なにやら、医学というものがおぼろげにわかってきた。

「業、ほぼ成りましてござりまする」

と、馬の幸右衛門が、養父の老剣客に報告したのは、それから二十日目である。

「それはよかった。このあたりの人間は達者だから、どういじくっても癒《なお》る者は癒る。心を大きくもって治療してやるがよかろう」

と、老人はいった。

幸右衛門は、村中を触れあるいた。

「きょうから医者をやる。まだ脈診はふたしかゆえ、軽い病《やまい》の者から来い」

と、いった。

村人どもは、おそれ入った。

「軽い病で医者様にかかるばかもねえもんだ」

と蔭であざわらった。村では、病人が、もはや息もたえだえになってあすも知れぬというときになってやっとよばれるのが医者ということになっている。医者と坊主はさしてかわらない職業だとおもわれていた。

だから、あまり患者がなかった。

あるとき、下の橋詰という百姓家からつかいが走ってきて、

「いそぎきてくだされ」

といってきた。

半里ほどある。走りに走ってやっと患家に駈けこむと、患者は座敷に寝ていない。外にいるという。人でなく、馬だということであった。

「馬か」

幸右衛門はそれでもいやがらずに、

「馬でもよいわい。どこにいる」

と上機嫌で厩舎《うまや》へ駈けてゆき、なかに入って馬をみると、呼吸がひどくみじかい。触れると熱があった。

「頭熱《ずねつ》があるな」

といった。さいわい、幸右衛門の生家は郷士で、家には馬の医法がつたわっている。

幸右衛門は、眼や舌をみてから、

「分明いたした。虫じゃな」

と言い、みかんの皮を乾した陳皮《ちんぴ》一分に黄檗《おうばく》二分をまぜ、

「胡麻《ごま》を一皿、煎《い》ってくれ」

と、患家にたのんだ。それができあがると、いま一皿の生胡麻をまぜ、それに陳

皮、黄蘗ごとスリバチに入れ、さらに味噌一皿、塩半皿を投入し、湯をそそぎつつがりがりと摺《す》りあげ、

「これをのませてみろ」

とあたえた。

数日すると、おかげさまにてすっかりよくなりました、と人が礼にきた。

これが評判になって、客がついた。みな、馬である。

(妙なものだ)

とおもった。いったん馬を診《み》ると、人間の患者はおそれをなすのか、ひとりもやって来ない。馬と人間がおなじ医者にかかっている、というのが、人間の患者にとっては不名誉なのであろう。

幸右衛門は、馬医者になった。

心ならずも、であった。どうやらこの男の半生は、なにをやっても思うようにはいかないようであった。

食うためには、荒仕事もやった。喧嘩口論沙汰《ざた》の仲裁、あるいは盗人、人殺しをつかまえるしごとである。

もっとも、このほうのしごとは触れあるかなくてもよかった。これでも荒谷村の武芸者である。幸右衛門の武名は近郷に鳴りひびいていた。

二

おりから事件があった。

そのころ奥州各郡をあらしまわっている盗賊に、

関東今吉

関東稲吉

という二人組があった。怪盗といっていい。敏捷《びんしょう》で大力で、剣の技は陸前白石で捕吏を一太刀で絶命させたというほどの腕をもっている。

それが玉造郡の鳴子《なるご》温泉にあらわれ、捕吏を相手にさんざんにたたかい、土地で「長崎小僧」とよんでいる山中に逃げこんだといううわさが幸右衛門のすむ荒谷村にきこえてきたのは、立秋もすぎたころである。

郡役所では近郷の村民をかりあつめ、鉄砲をもつ猟師十人を中心に山狩りをすることになった。

荒谷村にも触令《ふれ》がきた。

村役人が「ぜひ」と幸右衛門の出馬をうながしてきたが、幸右衛門は出ない。

(勢子《せこ》にはならん)

というつもりである。武芸を用いるのは、場《ば》というものが大事だ。演出といっていい。いずれ、藩の郡役所が手古《てこ》ずり、ひざを折りまげてたのみにくるであろう。そのときこそ出よう、という肚《はら》づもりであった。田舎武芸者ながら、武芸の渡世のこつだけは知っていた。

ついに、庄屋が、郡役所の役人を案内してやってきた。

「よろしかろう」

と、幸右衛門は頭に鉢金をつけ、鎖の着込みを着、すねはまるだし、尻は褌《ふんどし》のみえるまでからげて、出かけた。

今吉、稲吉は、炭焼小屋にいる。すでに人を数人斬って、死を覚悟していた。

幸右衛門は木刀一本をたずさえたままゆっくりと崖をのぼり、炭焼小屋に近づくや、飛びだしてきた稲吉の白刃を受けも払いもせず、すっと踏みこみ、木刀を横に薙《な》ぎ、力まかせに向うずねをはらった。

ついで、兄貴分の今吉。

上段にふりかぶり、ふっと息をはいたときすかさず、

「千葉幸右衛門であるぞ」

と、大喝した。

その一声で、今吉の呼吸《いき》はとまり、足が自然に跳ね、とびあがり、そのまま自分で自分のからだを地にたたきつけた。魔法をみているようであった。呼吸のふしぎさといっていい。

ひとつには、今吉は武芸をかじった男だけに、千葉幸右衛門の名をききおよんでいる。自己催眠にかかったのかもしれない。

「刀をすてろ」

今吉は、倒れたままの姿勢で動かず、わずかに右手をひらいて、刀柄《つか》から手をはなした。幸右衛門はその刀をポンと蹴り、

「神妙だ」

と、わざと呼吸をぬいた。その瞬間、今吉は呪縛《じゆばく》がとけたようにおどりあがった。

が、それを待っていたように幸右衛門の木刀が空をきって落ち、

ぐわっ

と、今吉の右肩をたたいた。今吉の体は、ぼろのように崩れ、地にのびた。肩骨が、こなごなにくだけていた。

あとで幸右衛門は、近在五郷の庄屋からそれぞれ、米一俵ずつをおくられている。

この小説の発端は、この話ではない。この事件の翌年、春のことである。

幸右衛門は、奥州の街道に雪がとけるのを待っていたように、

「折り入っておねがいがございます」

と、吉之丞老人の前へ出た。

「頼みとは？」

「村を出とうございます」

「幸右衛門」

老人は、なかばあきれながらいった。

「おちつかぬ男だ。そなたはまだ自分がなにか出来る、と思っているのか」

なかば感心している。幸右衛門はすでに四十をすぎていた。いまから世間に出てなにができるというのであろう。

「もういいかげんに自分をあきらめろ。すこしはおれを見ならうがよい」

「江戸へ出とうございます」

「えっ」

いよいよおどろいた。

「剣で身を立てるのか」

吉之丞はばかばかしくなった。たかが盗賊二人を捕えたという程度が自慢の腕で、この道の玄人《くろうと》になろうというのは、無謀を通りこしてあさましい。

「よせ」

と、老人はいった。

「いや、馬医者になります」

「馬医者? 江戸でか」

「江戸は物価《しょしき》が高うございますから、せめて江戸にちかい宿場までゆき、そこで住み、馬を診ながら世すぎをいたします」

「世間慾のつよい男だ」

老人はいやな顔をした。

「野心というものをもって美しいのは頬のまだ赤い年ごろまでのことだ。顔が黄ばみ、皮膚にしみができるようになってまだそのように申しておるのは、人柄を醜くさせる」

「おそれいります。しかし、この幸右衛門がどうこうなろうというのではございませぬ」

「では、たれだ」

「於菟松《おとまつ》でございます」

といった。於菟松、のちに周作とあらためた少年である。

「あいつか」

老人はつぶやき、幸右衛門をみた。この四十男は、ついに果せなかった自分の野望を子供につがせようとしているらしい。

幸右衛門は妙な男だった。

自分の三人の子に、粗末ながらも武家の子の姿をとらせていた。長男の長右衛門には細元服《ほそげんぷく》させ、まだ前髪の二男の於菟松、三男の貞吉にはつねに脇差を帯びさせ、袴《はかま》をはかせている。むろん武芸は幼童のころから仕込んできた。

ある日、孤雲という老人が小田村からあそびにきた。

世にあるときは佐藤重太といい、仙台伊達《だて》家の家士で、奥州諸藩にひびいたほどの剣客だったが、中年で松皮疱瘡《まつかわぼうそう》をわずらい、頭髪が抜け落ち、右眼がつぶれ、顔一面にあばたができた。それを恥じて致仕し、いまは山林にかくれて隠遁者の生活を送っている。

幸右衛門はこの孤雲居士《こじ》に、

「三人の子の鑑定《めきき》をしてもらいたい」

とたのんだ。

孤雲は、どういう理由か、

「於菟松がいい」

といった。

「眼が油断なく働いている」

機敏に眼が働く、というのは反射神経がするどい、という意味だろう。

「眼がよく働く、だけでわかるので」

「いや」

言うなり大剣をぬいて於菟松の鼻さきにつきつけた。

於菟松は、その剣尖を見ず、ふしぎそうに眼をしばたたきながら、孤雲の顔をみつめている。

「お前さんは、馬医者だろう」

と、孤雲は幸右衛門を顧みた。

「馬でもこういうのは駿馬《しゅんめ》だ。眼が機敏にうごくわりに、心はよく鎮《しず》もっている」

「なるほど」

幸右衛門はひどく感心した。孤雲はその場の座興でいったことかもしれないが、幸右衛門にとってこれが信仰になった。

その後、懸命に、吉之丞ゆずりの北辰夢想流をおしえた。

於菟松は十五になった。

桜目《さくらめ》というところに、武家屋敷がある。ある日、ここで若侍が多数あつまり、弓の稽古をしていた。

於菟松は見物していて、

「ゆるい矢だ」

と、つぶやいた。嘲弄するつもりでなく、正直にそう思ったのだろう。

若侍が聞きとがめると、さらに、

「あれなら、射られても避けられるかもしれない」

と、於菟松はいった。これも、子供なりの正直な感想だったのだろう。

「ならば避けてみろ」

ということになって、於菟松は矢場の的のところに立たされた。

第一矢が、ひょうと飛んできたとき、於菟松はひどくゆっくりした動作でとびあがった。矢はその於菟松のまたをくぐって、やがて地を摺って走り抜けた。

若者は、つぎつぎと矢をつがえては射た。於菟松には飛ぶ矢がよく見えるようであった。そのつど身をかがめてやりすごしたり、顔をまげて避けたりしたが、最後にきた一矢については、少年らしい客気《かつき》で、木刀を大きくあげ、
ぴしっ
とたたき落した。

（天才かもしれぬ）

と幸右衛門がおもったのは、その風聞を、たまたま矢場に居合わせた仙台藩士遠藤十次から耳にしたときである。

「鬼童じゃな」

と、遠藤はいった。

遠藤十次は、歌人として聞えている。べつに荒谷村の幸右衛門を知っているわけではないが、わざわざ道をまげて告げしらせにきてくれたのである。

それだけ告げて、十次は辞した。その十次に、周作はその後ついに会ったことがない。このときこれだけの縁であった。

「さればさ、その於菟松を江戸へつれてゆきたいのでござりまするよ」

と、馬医者幸右衛門の希望が、とほうもなくひろがったのはむりもなかった。

蜂の巣

一

奥州に春がきた。

山里の荒谷村にも花が咲き、やがて散ったが、馬医者の幸右衛門はあいかわらず薬箱をかついで、あっちの部落、こっちの牧といったぐあいにいそがしく駈けまわっている。

(村をすてて江戸へゆく、ときいたが、どうやらその様子もないな)

と、村びとたちは話しあった。

幸右衛門は、江戸へゆく、ときめたその翌日から、村道で出あう者にはことごとく言ったものだ。

「おれは江戸へゆく」

宣言するような語気でいうのである。へい左様で、とうなずくだけの者があると、

「なんのためにゆくか、わかっておるか」

と踏みこむようにいう。「へい、なんのためでござりましょう」と村びとがきくと、

「於菟松《おとまつ》を仕込むためにゆく」

といった。

「なにをお仕込みなさるので」

「兵法《ひょうほう》だ」

叫ぶようにいうのである。言いきったあと、自分でその言葉の余韻をたのしむように、大きな口をがくりと閉じ、青い空の一角を見つめたりした。自分が果たしえなかった夢を、於菟松に托そうとするのであろう。幸右衛門にとって、兵法という言葉の語感ほど、せつないものはない。これあるがために自分の半生は挫折した、と思いた

いほどに濃い恨みもこもっている。

「千葉の家はなあ」

と、幸右衛門は、道ばたで村びとたちにいうのだ。

「遠い源平のむかし、源頼朝を協《たす》けて鎌倉に幕府をおこさしめた下総《しもうさ》（千葉県）の豪族千葉氏より出ている。奥州へ流れ、いつのほどか半農半士となり、さらにくだってただの百姓になった。しかしいつまでも百姓ではないぞ」

「左様でございますか」

と村びとははりあいのない返事をした。馬医者がなにをいうのだ、と言いたい。

「いまの世間では士農工商がクッキリとわかれておる。百姓の子は百姓、職人の子は職人、これはどうにもならぬ。しかし、抜けあなが一つある。兵法だ」

ぐわんと響くように幸右衛門はいう。

「兵法だぜ。このさむらいの表芸《おもてげい》で名をあげれば出生《でしよう》が百姓であろうと何であろうと、立身のみちは洋々としてひらける」

が、その剣の道は侍《さむらい》の表芸であるだけに、天下四十万の侍の人口はことごとくこれを習い、自然、十人に一人は多少使え、百人に一人は傑出し、千人に一人は家中でも誇れるほどの腕をもつ。その師匠になり、あわよくば天下に名を馳せるほどの剣客になろうとすれば、十万人に一人、いやそれどころか、百年に数人出るというほどの腕とならなければならない、と、幸右衛門は道端で説くのである。

「それゆえ、於菟めも容易でないわい」

「それゆえ、江戸に参られるというわけでござりまするな」

「いものは江戸よ」

幸右衛門はいう。

「田舎の三年、都の昼寝、ということわざを知っておるか。学問のほうの諺《ことわざ》じゃが、田舎で三年がみがみ学問しても、都で昼寝しているのとさほどかわらん、ということだ。それほど都というものは書生も多士《たし》済々《せいせい》で、先生も一流の先生がいてござる。都で昼寝をしてそれらとつきあっているだけでも田舎の三年の勉学の値うちがあるという意味だ。いまは都は江戸である。とくに剣は江戸だ」

幸右衛門はそれほど吠《ほ》えまわり、しかも街道に雪がとけ、野山がみどりになり、梅も散ったというのに、いっこうに江戸へ行きそうな気配がない。

「妙じゃな」

村びとたちは不審がった。

「さては馬めはあれか、江戸江戸と吠えればおらどもが魂消《たまげ》るかとおもってあんなほらを吐《こ》きくさっていたのか」

という者もいた。べつにわるくちではない。それほど幸右衛門の江戸ゆきの宣言は、話題のすくないこの山里では大事件だったのである。すでに幸右衛門は、この話題に関するかぎり、劇中の人になっていた。

於菟松は、その子役である。

村びとたちが、この於菟松をよびとめ、その後の進展を訊《き》こうとするときがある。が、そのつど於菟松は、

「おれは知らぬよ」

と、むこうへ行ってしまう。物見高い村びとにこの少年が反感をもっている、というのではなく、少年らしいはにかみであるようだった。そういえば於菟松は、極度なはにかみ屋で、ときにそのために、ひどく気むずかしい少年にみえた。

「いやなんだ」

と、ひそかに兄の長右衛門にいったことがある。

「おやじどののあの騒がしさは」

幸右衛門の自慢ったらしい口ぶりや、二丁さきまできこえそうな大声は、少年の美意識をいちじるしく害し、

（大人はああってはいかぬな）

と、於菟松はおもっていた。

とにかく村びとは、江戸ゆきのその後の経過を幸右衛門にきく権利をもっていた。あるとき、道祖神のある池のそばの道端で与兵衛という百姓が幸右衛門をよびとめてきくと、

「おお、ゆくぞ。ついては先立つものがないために、このように稼いでおる」

といった。旅費がいる。なにしろ父子四人が村を出るのだ。きりつめて旅をするとしても相当な入費だろう。それに、むこうについてから家も借りねばならぬし、世帯道具も要る。すぐ馬医者として収入《かね》がはいるわけでもなかろうから、当座の生活費も用意してゆかねばならない。

「下女の家出とはちがうからな」

「そりゃそうでございましょうとも。しかしそうなるとたいそうでござりますな」

「かせがねばならぬ。どこぞに病気の馬はないか」

「さあ」

「おまえの家の馬は達者か」

「へい、おかげさまで。あいつはうまれてこのかた、風邪《かぜ》ひとつひいたことはございません」

「達者ならば用はない」

二

ついに夏になった。

幸右衛門の江戸ゆきの話題もそろそろ飽かれはじめてきたころ、村にちょっとした騒ぎがおこって、話題がそれへ変わった。

蜂である。

荒谷村の斗《と》瑩山《えいざん》のふもとに川がながれている。鐘ケ淵という淵があり、群青《ぐんじょう》を溶かしたように青く澄んでいた。毎夏、村のこどもたちはここで川泳ぎをするのだが、ことしはそれがむずかしい。淵のそばの道わきに大きな樹が枝をたれており、そこに蜂が一斗《いっと》樽《だる》ほどの大きな巣をこしらえた。

「カメ蜂じゃ――」

と、村びとたちは戦慄した。山仕事にゆく村びとの何人かもその樹の下を通って螫《さ》されたし、桜目《さくらめ》で人気のある行者某《ぎょうじゃ》などはここで蜂に追われ、首すじを何ヵ所もさされて瀕死のすがたで付近の百姓家に倒れこんだ。このため一時に人気をうしない、「あの行者の験《げん》もたかが知れている。蜂ぐらい念力で追っぱらえぬものか」とかげ口をたたかれた。

ある日、村のこどもたちが、通りかかった於菟松に蜂の一件をはなした。

「そうか」

と於菟松はしばらく考えていたが、やがておれが追っぱらってやろう、といった。

「追ってもまた巣をつくるぞ」

「されば退治《たいじ》てやろう」

といい、汗どめの鉢巻きを一すじと、二尺ほどの棍棒一本ぶらさげ、その樹の下に立った。

なるほど頭上一丈ほどの高さの枝のつけ根に、樽ほどの巣がある。それに蜂がむらがり羽音のうなりがすさまじい。

「みな、退《ど》け」

と、於菟松は見物の大人や子供をはるか下手《しもて》に散らせ、小石ひとつをひろって巣に投げた。たちまち蜂の群れが巣からはなれて宙に動き、於菟松におそいかかった。

ぴしっ
ぴしっ
と於菟松はそれを棒でたたきおとすのである。十五六ぴきも落すと、蜂は巣へ舞いあがって襲撃がまばらになり、於菟松は手もちぶさたになった。

(どうするかな)

と、村の者がみていると、於菟松は棒を腰へさしこみ、どっと樹の幹にとりついた。舞いあがった蜂を追うのだ。

やがて巣のある枝にとりつき、ひょいと身をひるがえして枝の上に立った。

蜂は群れをなして襲いかかった。

そのあとの於菟松の身うごきは、目にもとまらない。手が間断なく動き、うごくたびに蜂は数ひき羽を散らして空中で粉になり、その黄色い粉が於菟松の身のまわりに舞い、ときどき陽ざしが棒にあたってきらきらと光った。

半刻《はんとき》ほどすると、空中にとぶ蜂がいっぴきもいなくなった。於菟松は念のために棒で巣をつっつくと、最後の一ぴきが巣を離れ、まっすぐにかれの面上を襲った。身を沈めてそれを頭上でたたきおとし、やがて棒を腰におさめ、巣を抱いた。

それを抱いたまま、両股で樹の幹をはさみ腰で調子をとりながらゆっくりとおりてきた。

「さあ、巣をくれてやる」

と、路上に投げだし、帯をといた。なにをするかと村びとたちは見まもっていたが、そこはまだこどもだった。淵のそばへ歩みよるなり、ざぶりととびこんだ。汗みずくになったから泳ぎたくなったのであろう。


「於菟が、そうか」

馬医者の幸右衛門はあとできいて、これほどよろこんだはなしはない。

「於菟なら、それくらいのことはやれるだろう。まあ、当然なことだ」

「蜂は、千びきはいた」

と、そのあと数日、村じゅうはこのはなしで持ちきりになった。桜目の行者はこの於菟松のためにいよいよ人気をうしなった。

「やはり行力《ぎょうりき》よりも兵法のほうがうえとみえる」

と、村びとはいった。

村びとたちは、行者と兵法者をさほど区別してはおらず、よく似た稼業だろうとおもっていた。当然なことで、村の千葉家をたずねてくる流浪《るろう》の剣客たちは、そのほうが道中が軽便なせいか、山伏のかっこうをしている者が多かったし、千葉家の吉之丞老人からしてそもそもそうだった。屋敷うちの妙見菩薩に経をあげるときには山伏のかっこうをしていたし、村にたのまれれば加持祈禱などもした。加持祈禱のほうは、吉之丞の小づかいかせぎではあったが。

あるとき幸右衛門が、隣村の吉沢というこのあたりの大庄屋まで馬を診察に行ったとき、於菟松は供になって薬箱をかつがされた。馬医者の薬箱というのは、人間の医者のもつそれの倍ほどに大きい。

すでに日がくれていた。このとき、於菟松は、

(馬医者とは哀しいものだ)

と、しみじみおもった。人間の医者とはちがって患家についても玄関からあがらないのである。いきなり裏へまわらされる。病室は馬屋である。

庄屋屋敷のもみほし場を横切りながら、

「馬医者は馬屋へゆくのでございますね」

と、この哀しみをこめて父親にいった。父親の幸右衛門は息子の哀傷などはわからないから、

「あたり前だ。馬が座敷に寝ているものか」

と笑いもせずにいった。

ただ、診察治療のやり方は人間の医者のやりかたとちがって、豪快なものだった。

「こいつ、便《べん》を欠しておるな」

というなり、幸右衛門は腕をたくしあげ、馬の肛門にぐんぐんと挿《さ》し入れ、なかの糞便をつかみ出してきた。それを嗅ぎ、ちょっとなめ、そんなふうに診察した。人間の医者より男らしくて、ちょっといい姿だった。

「於菟、これで湯をいっぱいもらってこい」

と、飼葉桶《かいばおけ》を投げだした。

「どのくらいのあつさの湯です」

「おまえが飲んでみて、やっと飲める程度のあつさだ」

於菟松は台所の土間へゆき、下男からそのきたない桶一ぱいの湯をもらって唇をつけ、ごくりと飲んでみた。

それを、台所の板敷きの上から見ていた女中が、

「坊っ、きたない」

とはだしでとびおりてきて、於菟松の肩に手をかけた。女くさいにおいがした。母親の味に縁のうすい於菟松はもうそれだけで度をうしなった。

見あげると、於菟松には娘の齢《とし》のねぶみはできなかったが、まだ若い、まつげの濃いむすめだった。赤いたすきが、肩肉に食い入っている。そのくびれが変になまなましくて、於菟松をさらにろうばいさせた。

「熱いかどうか、みようと思ったのです」

「まあ、手を浸《つ》けてみればわかるじゃありませんか」

と、弟を叱るようにいった。色が白く、顔がやや薄手で、下唇が受け気味なのが、このあたりの顔ではない。仙台城下あたりのうまれだろう、と於菟松はあとでこの娘のことを丹念に思いうかべたときに、そう思った。

「しかし、父がそうしろといったんだ」

と、於菟松は怒ったような不機嫌な顔で桶をかかえ、娘からはなれた。

「ほっときな」

と、背後で下男の声がした。

「馬医者の子だ、馴れている」

その言葉が、於菟松の耳に入った。むっとして足をとめ、振りかえろうとしたが、

(馬医者の子にはちがいない)

とおもって、やめた。

馬小屋まで運ぶと、幸右衛門はそれになにかの粉末を入れ、腕をつっこみ、湯が十分にぬるくなるまでかきまぜた。その動作を、患者の馬が首をたれて見ている。馬も人も、顔がひどく長かった。幸右衛門は馬医者になってから、顔がいよいよ長くなったようであった。

治療をおわると、患家の下男が、手あらいの桶を出してくれる。人間の医者ならば、このあと、座敷で茶菓を出され、主人と世間ばなしのひとつもして送り出されるのだが、馬医者はこのまま帰るのである。

ところがきょうにかぎり、年配の手代が出てきて幸右衛門にねぎらいの言葉をかけ、

「上へ」

と、いった。「旦那様が待っておりますから」と言い、於菟松だけが遠慮しようとすると、旦那さまはあんたがみたい、とおっしゃっている、とむりやりに座敷にあげた。

庄屋は吉沢太郎左衛門と言い、この近郷ではひびいた分限者《ぶげんしゃ》である。

(殿様のようなひとだろう)

と於菟松が想像していると、やあ、とたばこ盆をもって入ってきたのは、顔色のよ

くない痩せた老人だった。

太郎左衛門は、幸右衛門に馬の面倒をみてもらっている礼を言い、すぐそのあと、

「この子かね」

と、於菟松に笑顔をむけた。

「鐘ケ淵で蜂を退治た、という評判の子は」

「左様で」

と、荒谷村の百姓たちにはひどく威張っている幸右衛門も、この庄屋の前に出ると、大きな体を折りまげ、ひたいを撫でながら、卑屈なほどに顔をくずした。於菟松は、そういう父親を見るのがつらくて、襖《ふすま》の唐子《からこ》の絵をながめている。

「江戸へ出るそうだな」

「へい」

「事情はくわしくきいている。馬もやっかいになっていることだし、以前、長崎小僧(山の名称)で関東今吉、稲吉をとらえてくれた恩もある。わたしになにかさせてくれまいか」

雪江

一

荒谷村の馬医者幸右衛門の毎日に、はずみができた。希望の灯がともった、といっていい。

大庄屋の吉沢太郎左衛門様が、江戸ゆきの金主《きんしゅ》になってくれそうなのである。

「於菟《おと》よ、おまえは運のよいやつだ。いい星をせおっている。そのとしでもう金主がついたとはなあ」

と、いった。なにやら半玉《はんぎょく》に旦那でもついたような、そんなよろこびかたであった。於菟松は父親のそういうところが子供ごころにもやりきれなかった。さらに幸右衛門はこういうのである。

「おれをみよ。運をつかむためにがみがみとあせってきたが、この年になるまでとうとう運も金主もつかずじまいであった」

「ちがいます」

「なにがちがうのだ」

「なにやら、ちがいます。お父様の申されることは」

於菟松は懸命に父親の眼を見つめた。於菟松のおもうところは、人間世に立つのは努力と腕によってであろう、それを、運や金主のあるなしに根拠づけるのは世にやぶれた敗残者のたわごとだ、といいたかった。父親は世の辛酸をなめすぎた。二男坊にうまれ、自活の道をもとめて流浪し、百戦功なく、いまはその兵法では食えず山里の馬医者になってくらしている。なるほどうらみ多い半生であった。しかしそのうらみがかえって人間を卑俗にし、世にある世にない、は、運と金主のあるなしにかかっている、という愚にもつかぬ世間観をもつにいたっている。

「ちがうかね」

急に、幸右衛門は於菟松の機嫌をとるような、気の弱そうな微笑をした。

「なるほどちがうか。ちがうからおれは馬医者になったのかもしれねえな」

と幸右衛門は妙な男で、ぽろぽろ涙をこぼした。於菟松もそういう父親をみるとやりばのない悲しみが襲ってきて、うなだれたままおえつを嚙みころした。しかしがまんができず、ついに涙がこぼれた。

(男同士だ、於菟にはおれの悲しみがわかってくれる)

と幸右衛門はおもった。

於菟、於菟、と幸右衛門はつい幼名でよんでいたが、この少年はすでに元服をさかいに幼名於菟松を廃し、名称は周作、名乗りを成政《なりまさ》とかえていた。姓は平氏。苗字《みようじ》はそれと名乗ることを公《おおやけ》からゆるされていないが、先祖代々の千葉氏を私称し、千葉周作成政とひそかに名乗っていた。

そのことについてもこのとき、幸右衛門は、於菟よ、わしもおまえを周作とよばねばならぬがつい口ぐせが出てこまる、と弁解するようにいった。

「さればあらためて吉沢太郎左衛門様に烏帽子《えぼし》親《おや》になってもらい、その日からおまえを周作とよぼうではないか」

言いだしてみて、これは妙案じゃ、と幸右衛門はわれとわがことばに手をたたき、さっそく吉沢家へ走って行った。

「ええ、馬医者の幸右衛門でございます」

と体を折りまげて大きな門をくぐり、やがて客間へ通された。その旨を吉沢太郎左衛門にたのみこんだ。

「わしが烏帽子親になるのか」

と、この痩せた老人は無感動にいった。しかし無感動はこの大庄屋のちょっとした癖にすぎないらしく、すぐ立ちあがって暦をしらべ、席にもどったときにはもう日までえらんでしまっていた。

「あすがよい日じゃな」

と、大庄屋は乗りだすようにしていった。ひとりの少年が、その生涯に出発しようとしている。その儀式の親をたのまれるというのは、長者にとってうれしからぬはずはない。

「あす、夜明け前にご子息をよこしなさい」

と、大庄屋はいった。

二

周作はすでに細元服《ほそげんぷく》をしている。いまあらためて元服式をせねばならぬというのはどういうことであろう。

(金主どのにはせいぜい甘ったれておくことだ)

という幸右衛門の、この男らしい計算であったにちがいない。

周作は、陽の出る前に家を出た。

吉沢屋敷の前までくると、門に定紋入りの高張提灯《たかはりぢょうちん》がかかげられ、おなじく「丸に花沢瀉《はなおもだか》」の定紋入りの紫縮緬《むらさきちりめん》のまん幕がはりめぐらされ、まばゆいばかりに威儀をきわめている。

（これは、おれの元服のためなのか）

とおもうと周作は自分の未来が急に重いもののようにおもわれてきた。歴とした武家ならば知らず、たかが馬医者の子でこれほどまでに折り目のついた元服の儀をうける者はまずないであろう。

玄関に立つと、目代《もくだい》さんと土地ではよんでいる平兵衛という老百姓が、裃《かみしも》、仙台平のすがたで出むかえてくれた。平兵衛という者の家は、二百年来の吉沢家の家来筋の家で、戦国時代は吉沢丹後守の家老、ということになっており、徳川の治世になって吉沢家が大庄屋になるとともに百姓になっている。しかし吉沢家の折り目折り目のときにはこうして家老然とした役割を相つとめるのである。

座敷では支度ができていた。

「おお、於菟松、きたか」

と、やはり礼装している吉沢太郎左衛門が上機嫌で声をかけた。座敷の次室には、土地で「若様」といわれている長男の喜平次が、これは平服脇差一本、というすがたでひかえている。

周作は、庭を見た。

黄楊《つげ》の老樹が、小さな淡黄色の花をいっぱいつけ、明けそめようとする暁《あかつき》のあわいひかりのなかで夢のように浮んでいる。

「於菟松、うれしかろう」

と、大庄屋がいった。

「かような元服式をうける以上は、生涯、自分を軽んずるではないぞ。むかし、牛若丸といった源義経公は鞍馬山からぬけ出て奥州へ流浪したとき、途中熱田の大宮司をたずね、頼みこんで烏帽子親《えぼしおや》になってもらった。熱田の大宮司ほどの身分のひとを烏帽子親にえらんだのは、みずからを重んじたがためじゃ」

と、愚にもつかぬことをいった。太郎左衛門にすれば自分をおそらくは熱田の大宮司になぞらえているつもりにちがいない。

やがて室内に陽がさし、その明かりのなかで儀式がはじまった。

儀式の役人がならんだ。

加冠の役、理髪の役、泔坏《かんぱい》の役、打乱箱《うちみだればこ》の役、鏡台の役の五人である。加冠の役は吉沢太郎左衛門であり、理髪の役はむすこの喜平次、あとは百姓どもが裃をつけて威儀をただしている。といってむかしのように現実に冠者《かじゃ》に烏帽子をかぶらせるわけではないから多くは有名無実の役目だった。

周作はすわっている。

その背後へ理髪の役の喜平次がまわり、カミソリをとって前髪を切りおとす手つきをした。まねだけである。なぜならばすでに周作には前髪はなかった。指二本を容れる程のはばで、ほそい月代《さかやき》を剃って、いわゆる細元服にしてあるのである。

「とどこおりなくおわりました」

と、喜平次は加冠の役の太郎左衛門に声をかけると、太郎左衛門はおもおもしくうなずき、「さて」と手もとの三方を、周作のもとにすすめた。

三方には、大きな折紙が載せられている。

それをひらくと、

「成政」

という周作の名が、墨痕あざやかにかかれていた。

「周作、きょうよりはその名になる」

と、太郎左衛門がいった。周作はその折紙を折りなおして胸もとにさし入れ、一礼して次室にさがった。

次室でも、儀式がある。新調の小袖が用意されている。吉沢家であわてててととのえたため、紋所《もんどころ》が周作の「弓張月《ゆみはりづき》に一つ星」の紋ではなく吉沢家の家紋だった。それを打乱箱の役が周作にすすめる。周作は立ちあがって着がえをせねばならなかった。

その着がえの介添えに、はじめて婦人が出る。そのための女が入ってきた。雪江であった。先日、この屋敷の台所で会ったあの女中である。

三つ指をついて雪江は一礼し、周作の背後にまわった。やがて周作の肩に、あたらしい小袖を着せかけた。この若者のために小袖を着せかけてやる最初の女になるはずであった。

女の指が、周作の肩の肉にふれた。周作は心の臓が動顚《どうてん》した。

「お手を」

と、女にいわれても、周作の耳にはきこえないのか、ただうろたえた。

「お手を」と、女はもう一度いった。手を袖に通せ、と雪江はいうのだが、周作には意味がわからない。

「いや、わしがひとりで着る」

と周作は小さな声でいい、やっと手を通した。そのとき、雪江は周作の背をちくりと指でつつき、

「ばかね、うろたえたりして」

と、これも周作だけにきこえる小声でいった。その声調子《こわぢょうし》が、厳粛なるべき元服の儀式の座には、およそふさわしくなかった。周作はその瞬間、この娘に尋常でない感情をもち、首すじまで真赤に染めた。娘はさらに大胆だった。もう一度小声で、

「あす、夜九時《いつつはん》、裏山の庚申塚のそばで待っていて。あたしがお祝いをしてあげる」

といった。

周作は、家にかえった。夜、ねむれなかった。雪江のことばが耳もとで熱っぽく残っている。

（雪江はおれになにをくれるのだ）

と、この若者は何度もつぶやいた。そのくせ若者のなかの別の声は、

（雪江は自分の女をくれるのだ）

という言葉を、にぶい、しかし体の芯《しん》にひびくほどの衝撃をもって間断なくささやきつづけている。この地方には風習がある。

百姓の子が前髪をきりおとして大人のなかま入りをした翌日、大人のたれかれが若者を町へつれてゆき、妓《おんな》の家へあげてもはや童《わらべ》でないからだにしてしまう。かといって周作のばあいはかれの家が村でも一種特別な家として孤立していたため、そういう好意ある先達《せんだつ》をひきうけてくれる者はいないはずであった。雪江はそういう周作に同情して、みずからのからだで周作をおとなにしてやろうというのだろうか。

翌日になり、日が暮れた。周作は、

「桜目の八幡宮に夜詣りをする」

といって家を出、村を離れた。

吉沢太郎左衛門の裏山は、通称、城戸《きど》山といわれている。吉沢家が戦国の豪族であったころ、城館が築かれていたのであろう。

山道にはすでに露がおりていた。足もとがあかるかった。空に十六夜の月がかかっている。やがて周作は庚申塚の小さな堂の前に出た。

(来いといわれたから来たのだ)

と、周作は懸命に自分にいいきかせた。来たことによってなにがおこるかは、考えぬようにつとめた。

周作は半刻待った。

約束の刻限がきた。そばのもみの木の根に萱《かや》のくさむらがある。その草の影が急に人のかたちになり、影がひとつ、小走りにちかづいてきた。雪江であった。

「きていたのね」

と、雪江は周作が腰をおろしているお堂の縁に、自分も掛けた。月が雲間に隠れたためか、娘の顔がみえない。

「私は雪江というの」

知っている、と周作はいいたかったが、声がうまく出ない。

「あなたより二つ上よ」

と、雪江はいった。「だから姉だと思ってあたしの言うことはなんでもきくがいいわ」

「あなたが好きよ」

と、雪江は大胆なことをいった。「でも、あなたはまだ大人になりたてだから、私をすきだ、などと言わなくてもいいのです。どうせ、はずかしいだろうし、それに男と女の情《こと》など、まだわかりゃしないだろうから」

「将来《さき》になって」

と、雪江はつづけた。

「あなたがちゃんと大人になれば、あたしを思い出してくださるでしょう。そのとき、雪江のことが懐しい、とおもい出してくだされればよいだけ」

低い、ひくすぎるほどの声で、雪江はしゃべりつづけるのである。そのおしゃべりが醸《かも》し出してくるねつっぽいふんいきに、雪江自身が酔いはじめているようであった。いや、酔おうとしてここに来、まず自分を酔わせるために雪江はしゃべっているのにちがいない。

周作は、ぼう然としている。

「あさって、仙台に帰るのよ」

と雪江がいったとき、周作ははじめて、仙台にか、と問いかえした。なにかしら、きのうきょうの知りあいでなく、十年も前から馴染《なじみ》あっている相手が、急に遠い国へゆくような衝撃をうけた。

「お嫁にゆくのよ」

と、雪江はいった。「どこのたれだかわからない相手にさ。あたしは気むずかしいからきっといやになって逃げて帰るだろうとおもうわ。あたしって、自分がこわいの。なにをしでかすか、わからない女だとおもうわ。——いまもよ」

「いまもそうよ」

と、雪江は言葉をつづけた。「なにも知らないあなたをこのようによびだしたりして。でも、こうするしかここひと月ばかりの自分の気持ちをすくう方法がなかったんだもの。あなたに関係のないことよ。あたし、仙台へ帰ったら、五十二歳のひとのところへお嫁にゆくの。……」

「こちらへおいでなさい」

と、雪江は立ちあがった。右半身に月光を浴びている。その月の光のなかで雪江はゆるゆると左へ動き、縁へあがり、堂のなかに入った。後年、なんとしてもこのときの自分がふしぎだった。周作は化生《けしよう》に魅き入れられるように、雪江の動きにつれて動き、気がついたときには堂内で雪江の体とだきあってころがっていた。衾《しとね》にはあらむしろがある。村の若い男女がここで逢引《あいびき》を常時するのであろう。

「あなた、大人になっているわね」

と、雪江は疑わしいのか、手をのばして周作の袴のなかの体に触れた。

「大人だわ」

と、雪江は感動的な声を出した。「あたしもちゃんと大人よ」と、周作の手をとり、自分のすそのなかに入れさせた。

「そうでしょう?」と、雪江はふしぎといやらしさを感じさせない湿った声で笑った。

「袴のひもを解くのよ」

と、雪江は命じた。「あたしも帯をとく。あなた、寒くない？」「寒くない」と、周作はそのじつ歯の根があわぬほどに慄えていた。しかし寒いわけではなかったであろう。

周作は小具足の受身のような姿勢になって、袴をぬいだ。ふとみると、雪江は帯こそ解いてしまっていたが、しかし逆に着物のすそをしっかりあわせ、そのままの姿勢で顔を両掌《りょうて》でおおっている。

「どうすればよい」

と、周作は低声できいた。「おれはこういうことは知らないんだ」と、こんどは雪江の沈黙にひきかえ、周作が多弁になった。

「知らないわ」

と、雪江はひとがかわったように慄えながらいった。のどのあたりに月光が落ちていてそこだけが白く激しく動いていた。

「泣いているのか」

と、周作はたじろいだ。

「泣いてなんかいないわ」

と、雪江はやっといった。

「なんだか知らないけど、あなたはあたしに乱暴をすればいいのよ。男って、そうよ。女にはみなそうするらしいもの」

そのあと、雪江に変化がきた。取りみだした。すそをひらき、周作のくびを抱き、かれをむかえた。ふたりは一瞬でおとなの世界にはいった。しかし雪江は滝行《たきぎょう》をする女行者のように、顔が苦痛でひきつった。

その事がおわった。

周作が雪江の体をはなすと、雪江はくるりとうつむき、まるで童女のようなひたむきな泣き方で泣きはじめた。周作は自分が雪江を犯したような立場になっていることに気づいた。なにか、だまされたような気もした。

「いいのよ」

と、やがて雪江は顔を伏せたままの姿勢でいった。

「あなた、その小袖をぬぎなさい」

「小袖を？」

と周作はいったが、雪江に命ぜられるままにぬぎすてた。

雪江は、立ちあがって、その小袖をひろった。吉沢家の「花沢瀉《はなおもだか》」の紋のついた元服の日の小袖だった。

周作は褌《まわし》一つの素っぱだかのままで立っていた。

雪江は背後にまわった。

背後から小袖を着せかけてやった。

「手をちゃんと通すのよ」

といった。その動作をさせながら、

「縁起ものだから、ちゃんとするのよ。あのとき、あなたが自分で着ちゃうものだから、あたしはもう一度、小袖を着せる役目だけは仕遂げたかったの。そのためにここへよんだのよ。よんで、顔をあわせて、お話をするうちに、あなたになにもかもあげてしまおうと覚悟したの」

(そうだったのか)

と、周作は、はじめて雪江の心の動きを上から見ることができる余裕をもった。

「妙な娘だな」

と、おもわず声に出した。

「しかし好きだったことはたしかよ」

と、雪江は言い、小袖を着せおわった。

おわるとすばやい手つきで自分の身じまいを終え、最後にくしをぬいてびんのあたりを二、三度といた。奇妙な娘で、あれほど取りみだしていたくせに、髪はほとんどみだれていなかった。

「帰るわ」

と、格子戸にちかづき、もう一度周作をみて、

「あなた、江戸へゆくのね」

「ゆく」

「思いを遂げるのよ、男の子だから」

と言い、格子戸を押して外へ出た。そのときはもう雪江の姿は、この月の光のなかのどこにも見えなかった。

（江戸か。――）

周作は、縁からとびおり、月を背にして歩きはじめた。雪江の口から出たことによって「江戸」という地名が、周作にとって戦慄するほどの響きを帯びた言葉になった。

松戸

一

江戸川の東岸に、
松戸《まつど》
というにぎやかな宿場がある。現在は千葉県松戸市になっており、東京の東郊にあたる。いまよりも江戸時代のほうが、松戸は栄えたであろう。すくなくとも重要な聚落だった。

江戸を出て水戸街道をゆく者は、この宿場を始発駅とした。自然、幕府もここを重視しここに松戸金町《かなまち》の関といわれる関所をおき、水戸街道のおさえとした。

川港《かわみなと》でもある。

水路、行徳《ぎょうとく》をへて江戸へ荷がはこばれる。奥州がよいの大ぶねなども、江戸川の河口からこの津まで北上し、松戸の番所のみえるあたりで帆をおろし碇《いかり》を投げ入れた。

宿場には、妓《おんな》もいる。

馬も多い。

船、旅人、宿場女郎、馬、葛飾《かつしか》の野菜売りなどがひしめきあった猥雑《わいざつ》な町で、空っ風が吹くと街道のかわいた馬糞が舞いたち、終日そのにおいがたちこめる。

幸右衛門が、三人の子をつれてこの松戸の宿《しゅく》にやってきたのは、葛飾の野づらに菜たねの花がひらきはじめたころだった。

宿《やど》は、上州屋喜兵衛方にとった。ついた翌朝、幸右衛門はまずい宿めしをくいおわったあと、亭主の喜兵衛をよび、

「馬ぐそのにおいがするな」

と、うれしそうにいった。

「いや、苦情を申しているのではない。わしはこのにおいがなによりも好きだ」

ひどい奥州なまりである。が、松戸宿で宿屋をいとなむほどの者なら、奥州なまりには馴れきっている。

「結構なにおいだ」

と、幸右衛門はいった。

「この宿《しゅく》は、駅馬がどれほどおる」

「さて、宿場で五十頭はいましょうか」

「ほう、五十頭もいるか。シテ、通行する馬はどのくらいじゃ」

と、幸右衛門はひざを乗りだした。

「さあ、いちいちかぞえたことはございませんが、千頭ではききますまい」

亭主の喜兵衛は妙なことをきく客だとおもった。宿帳によると、稼業は医、となっていることをおもいだし、

「先生は馬がよほどお好きとみえまするな」

というと、幸右衛門はあたりまえだ、おれは馬医者だと陽気にいった。

「道理で」

と亭主も笑い、ふたりは顔を見あわせてあらためて大笑いした。この大笑いのおかげで、妙に気が合い、あとのはなしがすらすら運んだ。

「この宿場で馬医者をやりたい。亭主、すまぬが面倒をみてくれぬか」

と幸右衛門がたのむと、亭主の喜兵衛は大きく胸をたたき、「ようございます。先生ならなあに、馬のほうから慕い寄って参りましょう」と大まじめな顔でうなずいた。それほど亭主の目には幸右衛門の顔が馬そっくりに見えた。

その日一日で、店賃《たなちん》のやすい裏借家《うらじやくや》もみつかり、そのうえ上州屋喜兵衛の保証があったから、世帯道具や米、みそ、塩などもたちまちあとばらいであつまってきた。

さて、剣術のほうである。

この点でも松戸はうってつけの土地だった。この町にとほうもない大先生が住んでいることを、幸右衛門はきき知っている。だからこそ幸右衛門は松戸をめざしてきた、といっていい。

松戸に住む剣術師匠というのは、初代浅利又七郎である。もともと松戸のうまれで、多少の田畑があるために名を得てからも松戸を離れようとしない。

松戸に住みながら、若狭小浜《わかさおばま》侯《こう》酒井家につかえ、剣術師範をつとめている。江戸屋敷詰めで、月のうち半分は松戸、あとは江戸にいる、というくらしだった。

(なんとか、浅利先生に近づく方法はないものか)

と幸右衛門はあれこれ考えたが、うまい智恵がうかばぬまま、上州屋喜兵衛に相談してみた。すると喜兵衛は手をうち、

「なんの、わたくしが懇意ですよ」

と、幸右衛門を浅利道場につれて行った。

ふたりは、道場に通された。

やがて浅利又七郎が出てきて、道場上段にすわった。初老のずんぐりした男で手が異常に大きいのが、遠目にもわかった。

「お手前、何流を学ばれたかな」

と、浅利はまずきいた。

「家伝の流儀を少々」

と、幸右衛門は平伏するようないんぎんさで答えた。

「ほう、家伝のご流儀とは？」

「はい、北辰夢想流と申しますが」

「あまりききませぬな」

「なんの、奥州の田舎流儀でござりまする」

「どのくらいお使いなさる」

と、浅利は幸右衛門から視線をはずさずにきいた。

「おはずかしゅうございますが、養父《ちち》から免許《ゆるし》は伝授されておりまする」

「使ってみせてくださらぬか」

と、浅利は、師範代をさせてある安田大五郎という土地の百姓あがりの男に目くばせした。大五郎はかしこまってひきさがり、やがて奥州の山里ぐらしの幸右衛門が見

たこともない一見具足《ぐそく》に似た怪奇な装束を着けてあらわれ、

「お相手つかまつる」

といった。

幸右衛門は、仰天した。この男は、面《めん》、籠手《こて》、竹胴をつけて袋竹刀《ふくろじない》でたたきあう、という剣術を知らなかった。古法どおり木刀の組み太刀ひとすじで修行してきた男である。

「千葉どのも着けてみなさい」

と、浅利又七郎は、道場のすみからその防具ひとそろえをもってきて、幸右衛門に貸してくれた。

「着けかたを知りませぬが」

「ああ、左様か。大五郎、手伝ってさしあげなさい」

と、浅利はいった。

浅利又七郎は、江戸で道場をもつ中西派一刀流の三代目中西忠太の門に学び、免許皆伝をえたひとである。剣術における面籠手はこの中西派一刀流からおこったもので、それまでの剣術といえば木刀もしくは刃引《はびき》の真剣をもって組み太刀を修行することで終始した。この面籠手の出現ではじめて稽古試合ができるようになり、剣術修行法に革命がもたらされた。

浅利又七郎の流儀は、要するに当節の先端といっていい。

「この方法でやれば、組み太刀一本の修行法で五年かかるところが三年でやれる」

と、浅利は幸右衛門にいった。

幸右衛門は教えられるままに面籠手をつけ、やがて袋竹刀をとって立ちあがった。とびさがって、剣尖を天にあげ、右コブシを右肩の高さに持《じ》し、脚を撞木《しゆもく》をつくかのように大開きにひらき、

「やあ」

と、気合をあげ、左足でドンと床板を踏み鳴らした。家伝の北辰夢想流がこのむ構えである。長身長面の巨漢だから、虎が嵎《ぐう》を負《お》って咆えるようなすさまじさがあった。

相手の安田大五郎は、静まっている。

「とう。――」

とその気合をひくく受け、竹刀の切尖《きつさき》を幸右衛門の左眼につけつつ、半歩すすんだ。さらに半歩、つづいて半歩、さらに半歩、というぐあいに進み、やがて剣尖をわずかに動かして幸右衛門に誘いかけた。

(えたり。——)

と幸右衛門はおもい、大咆哮《だいほうこう》をあげて飛びこみ、真っこうから安田大五郎の面《めん》をめがけて竹刀をふりおろそうとした。

瞬間、幸右衛門の起り籠手《おこごて》が、空《くう》にうかんだ。その瞬息のすき、、を大五郎は見のがさない。竹刀稽古できたえた者のいわば得手《えて》である。大五郎の竹刀がわずかにあがり、目にもとまらぬはやさで、

ぴしっ

と、幸右衛門の籠手を撃《う》った。手首の骨が折れたかとおもうほどに痛んだ。その崩れを大五郎はさらに踏みこんで籠手を撃ち、幸右衛門がわっとよろめくところをつづけて踏みこんで面を撃ち、一瞬のあいだに勝負がすんでしまった。

「お手前の負けでござる」

と、安田大五郎は面金《めんがね》のなかから宣告すると、飛びさがって一礼し、すぐ道場のすみにすわり、面をはずした。勝負はそれでしまいである。

(おどろいたな)

と、幸右衛門は仕方なくひきさがり、どたりと道場のすみにすわったが、面をぬぐ気もおこらない。奥州における二十余年の兵法《ひょうほう》修行が、こうもむざんにやぶれるとは

おもわなかった。くやしまぎれに、

（周作なら、どうであろう）

と思ったとたん、この男は道場主浅利又七郎から重大な誤解をされていることに気づいた。よく考えてみれば入門するのは周作であって自分ではない。あわてて面をとり、

「これはうっかりつかまつりました」

と、あらためて浅利又七郎の前に這い出て行って、恐縮しながらそのことを申し述べた。

浅利は、左様か、とうなずき、怒りもせず、かといって笑いもしなかった。幸右衛門は、気まずい思いをして道場を出た。

二

「そうでしたか」

と、幸右衛門からいちぶ始終のはなしをきいた周作は、なにか考えるような表情で首をひねった。

「不首尾であったよ。せっかく入門をゆるしてくださるかと思ったが、思わぬ粗忽《そこつ》のためにご機嫌を損じたかもしれぬ」

幸右衛門は、くやしがった。周作に剣を学ばせるとすれば、大流儀がよい。当節大流儀といえば江戸の剣壇を制圧している中西派一刀流である。まったく幸運なことに、浅利又七郎はその中西派一刀流のなかでももっとも傑出したひとりではないか。

「惜しい」

と、幸右衛門は舌を鳴らした。

「いや、あす私が行ってみましょう」

「どうするのだ」

「門人にしていただきたい、という頼み方よりも、むしろいきなり試合を申し入れるほうがよいかと思います」

周作には理由がある。当方が初心者ならともかく、無名とはいえ北辰夢想流の道統をすでに汲んだ身である。されば既得の流儀をもって挑戦し、破れればそのうえであらためて入門をねがう、というのが兵法者としての慣習ではないか、というのである。

「若僧め」

と、幸右衛門は叫びかけたが、だまった。そのかわりするどく鼻を鳴らした。そういう周作の客気《かっき》にみちた態度が、どちらかといえば幸右衛門には愉快ではなかった。父親としてではなく、単に年長者としてである。世には権威というものがある。この場合は浅利又七郎である。それに対して不遜ではないか、とおもうのだ。

「そなたは思いあがっている」

と、にがい顔でいった。

「そうでしょうか」

周作はつとめて明るく言い、ただにこにこ笑った。が、腹のなかでは父親の俗物性をやりきれなく思っていた。不遜でよいではないか、とおもうのだ。権威に対する怖れを知ったとき、若者はもはや若者ではなくなるだろう。

「あす、浅利道場に行ってみます」

と、周作はいった。

翌日、松戸のはずれにある浅利道場は、ひどく背の高い若者の来訪を受けた。名は千葉周作、流儀の名は北辰夢想流、来訪の目的は、

「一手《ひとて》お教えねがいたい」ということであった。

歴とした挑戦である。

「はて、きのうの馬医者の子ではないか」

と、奥で浅利又七郎はつぶやいた。

道場に出て、会ってみた。

(ほう、いい面魂をしている)

と、浅利又七郎は、とっさにこの若者が尋常一様の素質でないことを見ぬいた。

「きのう、父御《ててご》が参られた」

と浅利はかまをかけたが、周作はきらりと目を光らせ、すぐその目をわずかに俯《ふ》せただけで、なにもいわなかった。

(妙なやつだ)

と、浅利はおもった。ひょっとすると父の意趣を晴らしにきたのではないか、とおもったが、よくみればそれほど思い詰めたふうもない。板敷にすわっている巨きな若者は、胸郭を自然にひらき、憎体《にくてい》なほどにゆっくりと呼吸している。

「では、立ちあってみなさい」

と、例によって安田大五郎に支度をさせた。

周作も道具を借り、道場のすみへ行ってそれらを一つずつ身につけた。父の幸右衛門はこの新工夫の道具におどろいたが、周作は若いだけに驚くよりもむしろ興味をもっていた。

（なるほど、これか）

と、いちいち手にとってながめ、重さをはかり、身につけるたびに体を屈伸させ、その着けぐあいをためしてみた。

立ちあがってからも、すぐ立ちあわずに道場のすみで袋竹刀の素振りをくりかえした。すぐこの窮屈な道具に馴れた。

やがて道場中央に進み出、上座に一礼し、安田大五郎とのあいだに九歩の間合《まあい》をとって相対峙《あいたいじ》した。安田は、星眼である。

周作は飛びさがるなり胴をあけ、剣尖を大きく舞いあげて上段にふりかぶった。安田の出方をながめようとするらしい。

安田が踏みこんだが、周作は退《ひ》いた。それをくりかえしてゆく。周作はどんどん退き、ついに道場を一周した。

そのころには周作は剣尖を下段に垂れ、攻撃よりもむしろひたすらに相手の力量を見透かそうとしている。さらにさがってゆく。

道場を二周したころ、安田は、つい無思慮に踏みこんだ。が、周作は意外にも退かなかった。瞬時に間合がちぢまり、竹刀のさきが、カラリと触れた。と同時に周作の構えが星眼にかわった。安田はその変化をのがさず、踏みこんで周作の面を襲った。

と、そのとき周作はわずかな間合を抜きあげて踏みだし、剣をあげるや、安田の脳天を、

びしっ

と撃った。

これが周作の攻撃の最初だった。あとは周作は剣を頭上に舞わせつつ安田を翻弄し、籠手を二度切りおとしたあと、上段から大きく面を撃ちすえ、すぐ剣をひいて、

「まだなさるか」

と声をかけた。品のいい剣ではない。

安田はかるい脳震盪《のうしんとう》をおこしたらしく無言で突っ立っていたが、やがてどさりと倒れた。

浅利又七郎は道場上座からおりてきて安田をさがらせ、安田の竹刀をひろって周作と立ち合った。浅利は道具をつけず、素面《すめん》素籠手のままである。

浅利の剣の前で、周作は人が変わったようにうごかなくなった。動こうにも、動けなかった。

目の前にいる浅利又七郎の両肩が山のように盛りあがり、動こうとすればするほど、その肩が視野いっぱいにひろがった。

「どうした」

と、浅利の声が耳のそばでくすぐるようにきこえてくるのだが、当の浅利は六尺の間合のむこうにいる。

周作は目をつぶった。

突進した。

が、そのとき岩石が飛んできたような衝撃をうけ、はるかうしろにはねとばされて道場の板敷の上にあおむけざまにころがった。

何がおこったのか、周作にはわからない。

かろうじて身をおこし、面金をとおして浅利を見た。浅利は依然としてさきほどの位置に立っている。

身を動かしたけはいもない。

(上には上がある)

と、周作はおもった。このとき周作を転倒させたのは、浅利の竹刀がわずかに動いて周作ののどを突いたからだ、ということが、その後入門してやっとわかった。

古賀の里

一

「自分の一生を、自分で操作できぬものか」

というのが、周作のねがいである。

たとえば、こういう男でありたい、という自分を作りあげ、その自分を、こう生きたいという願望のもとに生かせてゆく。ちょうど芝居の座付《ざつき》作者が、自分のかいた筋書きどおりに役者を動かしてゆくように。——

(できるだろう)

とおもったのは、浅利又七郎の門に入った直後である。入門の前に、師範代安田大五郎を撃ちすえた。入門後、すでに浅利の弟子で周作におよぶ者はいない。たかが田舎道場であるとはいえ、奥州から出てきたばかりの少年にとって、むしろ、これは意外だった。周作は多少の自信を得た。ひょっとすると自分という「素材」は、願《がん》をかけるにあたいするものかもしれない。

そう思った。

周作は、勇気づけられた。はじめて接した世間というものの意外な弱さに、である。

(されば、天下の剣壇の総師《そうすい》になりたい)

と、祈るような気持でおもった。

祈る、といっても、この男は、終生、信仰というものをもたなかった。しかしただひとつ、北斗七星だけを例外としていた。

千葉家の家神なのである。幼童のころから北方の夜天にうかぶ星をおがまされていて、その異様に青い光芒に親しんできた。神、というより、友人のようなものであった。

下総《しもうさ》松戸の夜天にも、北斗七星はうかぶ。

周作は、道場の帰りなど、まがりくねった松戸の裏露地をつたいながら、天を見あげ、その星をさがし、祈りをこめた。籠《こ》めるたびに甘い感傷が胸に満ちた。もともと感傷のふかい少年なのである。いや、若者とよぶべきか。

いい若衆になっているくせに、孤《ひと》りで夜道などを歩いていると、理由のない悲傷《かなしみ》がわいてきて、すぐ涙が湧いた。涙がまぶたの裏に満ちはじめ、やがてプツリと頬にこぼれる。そのときはじめて気づき、あわてて腕《かいな》で目をこすることが多い。

（おれはずいぶん、変な男らしい）

と、自分でもそう思う。なにが悲しいのだろう、と自問してもわからない。つづまるところ、生きていること自体が悲しいように思われる。

そのくせ滑稽なことに、周作の肉体は爆《はじ》けるような勢いで成長していた。奥州からの道中のあいだで五分《ごぶ》はのびたし、松戸にきてからも一寸はのびた。いま、たけは五尺八寸、体重は二十三貫はあるであろう。そのとほうもなく大きな肉体が、驢《ろ》馬《ば》のようにかぼそい、傷《いた》みやすい心をもっている。

生命が豊かすぎるせいだろうか。溢れるように成長をつづける生命は、当人によろこびという味覚よりも、その裏側の悲しみを味わわせるものだろうか。

（わからん）

と、周作は自分に無愛想な顔をむける。そういう多感な自分を、この男は決して気に入っていない。このような体質で、天下第一の剣客になれるだろうか、と思うのである。

(宮本武蔵は、おそらくこうではなかったろう)

と、おもった。

毎日、裏店《うらだな》から浅利の道場へかよう周作はたれともほとんど口をきいたことがなかった。

道場では、

「変物《へんぶつ》」

というあだながついていた。表情も暗く、動作もひかえめだった。外見はたしかにそうである。しかしこの若者の内側をのぞいた者はたれもない。その内側ではこの若者ほど変化の多い風景をもっている者はなかった。

暗くてひかえ目なこの若者特有の表情は、ひとつは「奥州からきた」ということにもかかわりがあるであろう。

道場の朋輩《ほうばい》たちは、周作がなにかひとこと言うたびに、袖をひきあってくすくすとわらった。訛《なま》りである。奥州人はそのほとんど異国語に近い訛りのために、この国では異国人のようなあつかいを受けている。そのために自然無口になり、朋輩との交際をこばむようになり、たとえば江戸に修業に出た奥州うまれの職人がその仲間《なかま》のあいだで多くはみずから孤立してしまうように、周作も朋輩と談笑するようなことがなかった。

周作はしばしば、その訛りによって無言の嘲罵《ちょうば》をうけた。

「ならば、剣で来い」

と、軽快に憤慨できるのは、おなじ晦渋《かいじゅう》な方言をもっている薩摩人である。しかし周作たち北方人は、そういう軽快で弾力的な怒りの習慣をもっていなかった。

すべて、心にこもってしまう。あとは自虐になり、周作の場合は感傷になった。

ほかに。――

周作には、性癖がある。

和歌が好きなことである。事物の風韻を描写する俳句よりも、心のなかをうたいあげることのできる和歌のほうが好きだった。

むしろ、この若者は学問詩文に適した体質かもしれない。我流で漢詩もつくった。

夜、ひまさえあれば書物を読んだ。

(剣などよりも、詩文の人になりたい)

と、日に一度は考えこんでしまう。金と地位があれば、たしかに周作は剣術などはやらなかったであろう。貧家にうまれた周作にとっては、剣術は身を立てるうえで唯一の道だと父の幸右衛門に教えこまれた、そう信じたればこそ、ついついこの道に踏みこんだ、しかし自分にとってもっとも好む道ではない。

「天下の剣壇の総師になりたい」

と、北斗七星を仰いで祈りあげるときでさえも、心の片すみでは、

――それ以外に、おれには生きる道が用意されていないのだ。

というあきらめと悲しみが、湧いている。

当然なことだが、父の幸右衛門は、自分が期待している周作に、奇妙な詩文癖《しぶんへき》があることを好まなかった。

夜、灯火の下で書物をよんでいるときなど、

「もう、寝れっ」

と、行灯《あんどん》を吹き消してしまう。「あぶらが高いのだ」ということもあった。事実、幸右衛門のかぼそいかせぎでは、夜むやみと行灯の灯を点《つ》けっぱなしにしておくだけの贅沢《ぜいたく》はゆるされなかった。

「わすれるな、お前は剣客になるのだ」

とどなることもある。

「学問などをやって何になる。なるほどその道をきわめれば儒官《じゆかん》として何藩に召しかかえられるということもあろうが、それよりもお前は剣の道に天稟《てんぴん》がある。そううま

れついている。一生はみじかいのだ、自分のうまれつきを伸ばさぬ法があるか」

といった。

だから周作は、ふとうかんだ和歌などを書きとめるときなども、この父親の眼からひたすらにかくれてそれを書きとめた。

ちかごろ、一首の詠草がある。

すでに冬になっている。松戸は一望数里の野面《のづら》のなかにある宿場で、風がつよく、日が落ちれば血を凍らせるようなつめたさに変わる。周作は、江戸川ぶちにある浅利道場を出て材木置場のあいだを通りぬけるとき、ふと、

(女が欲しい)

と、うめくような思いで想った。おもってから、それを口に出して叫んでいる自分にがく然とした。

風が、闇のなかで動いている。その闇のなかに、皮を剥いだふとい杉丸太のむれが、なまなましい白さでならべられていた。周作は、雪江をおもった。雪江でなくてもいい。女を、である。欲しい。

狂った、といっていい。血がどよめき、じっと人なみな姿で地上に立っていることができなくなった。こんな体験ははじめてであった。周作は、地球をつかむような勢

いで、自分の睾丸《こうがん》をつかんだ。そこだけが、火のようにあつかった。それを揉んだ。身をもむようにして揉みほぐすうちに、心が甘ずっぱくやるせなくなった。腰を浮かし、立ったままである。

(な、なんとばかなおれか)

と、自分を叱ってみたが、ひとの倍ほどもある周作の大きな肩は、動きをやめない。むしろより激しく肩と腕が動いた。

(こういうとき、背後から斬りかけられればどうする)

と、剣術諸生《しよせい》らしい配慮が動いたが、かといって動きをゆるめなかった。静まるときがきた。周作はそばの水溜まりの薄氷を割って掌《て》をあらい、さらに泥でこすり、さらにあらった。

掌を洗いながら、歌ができた。

思はじと思へばまさる起き臥しに
　なほ思はるる君が面影

歌などというものは、あらあらしい性慾がしずまると、湧いて出てくるものらしい。周作のばあいはどうやらそうである。その歌も、およそ五尺八寸の巨漢らしからぬなよなよしたもので、王朝のころの青公卿《あおくぎよう》でも気はずかしがって詠みそうにない女性的なものであった。

周作は路上にしゃがんで矢立《やたて》をとりだし、それを後生大事《ごしようだいじ》に書きとめながら、

（君が面影か。……）

と、つぶやいた。このあたりはわれながらうまい文句だとおもった。君が面影とは雪江のことなんだ、と周作は自分に説明した。しかし残念なことに、当の雪江がどんな目鼻立ちをしていたのやら、クッキリしたところはわすれた。白く濁った、うすぼんやりした映像だけがのこっている。

二

この手帳が、周作の机の上にある。

それを幸右衛門が目にとめ、なにげなくひらいて、この歌を見た。見たとたん、

（あのばかが。――）

と、腹が立った。剣客を志す者が戯文をするとはどういうことであろう。しかも文

字を拾ってゆくにつれて、恋歌《こいか》であることを知った。

幸右衛門はその歌を書きとめ、ある日、浅利又七郎をたずねた。

浅利と幸右衛門とは、ちかごろ双方相惚れのいい話し相手になっている。

「周作がひそかにかような歌を詠んでおります」とみせると、文雅に暗い浅利又七郎は、

「そこで唄うてみなされ」

と、いった。これには幸右衛門もおどろいたが、多少の節をつけてうたった。

「いきなうたらしい」

と、浅利はいった。

「いきすぎます。思うと申しまするのは女性《にょしょう》を恋うることでござる。君が面影とはその当の女性のことでござる。先生には心あたりござりませぬか」

(ほう)

と、浅利又七郎は、急にずるそうな顔になった。心あたりはある。しかしその心あたりを言う前に、別のことを思った。しばらくその重大な思案についてあれこれと思いめぐらしてから、やがて、

「ある」

と、幸右衛門の顔をのぞきこむようにしていった。

「あるが、しかし、いまは言えぬな。若い者たちのことだ、そっとしておいてやるがよいだろう」

「ござるとはおどろく。しかもそのおなごを師匠がご存じで父たる者が存ぜぬとはどういうことでござりましょう。ぜひ、お聞かせねがいとうござる」

「いまは無用になされ」

「できませぬ。修行中の身が、あらぬおなごにうつつをぬかすとは、怪《け》しかりませぬ。折檻《せっかん》つかまつりとうござる」

「幸右衛門どの」

と、浅利又七郎がいった。

「話はちがうが、周作は御次男であったな」

「いかにも」

「よそへ出される気はないか」

「と申しまするると？」

「養子」

と、浅利又七郎はわざと軽くいった。が、目は幸右衛門の顔色を注意ぶかく見ている。じつは浅利家には子がない。江戸と松戸の弟子たちのなかから養子を物色して二代目浅利又七郎に仕立てようと考えていたが、いざとなるとさほどの者がいない。そこへ周作が出現した。これほどの天稟は、百年に何人出るか、というほどのものであった。

（しかし幸右衛門は承知すまい）

申し入れてことわられるのは癪《しゃく》である。さりげなくたずねてみたのである。

「養子でござりまするか」

「左様」

「ござりませぬな。周作は千葉家の家名をあげる者と思い、はるばる奥州からこの松戸へつれて参った者でござる。やみやみと他家へやれるものではござりませぬ」

「それが歴とした武家の家でも？」

歴とした武家、というのは、浅利は自分のこの家を暗《あん》に指していた。又七郎は剣一本で身をおこし、いまは若州《じゃくしゅう》酒井侯の江戸詰《づめ》剣術指南役として五十俵を頂戴している。身分は譜代席ではなく、一代かぎりの抱席《かかえせき》だが、周作ほどの者が養子にくればその五十俵を相続させることができる。

「なりませぬな」

と、馬医者はにべもなくいった。むろん、この好人物は、浅利の言葉の裏までは気づいていない。

浅利又七郎は、この馬医者から周作をとりあげてやろうと思っていた。あれほど珍重すべき天才を、馬医者ごときが私有しているべきではない。

(気長にやることだ)

と、この話題を用心ぶかくひっこめた。

浅利又七郎は、歌のなかの「君が面影」とは、てっきりお美耶《みや》のことであろう、とひとりできめていた。そう信じてよい理由はいくらもある。お美耶以外に、周作の環境のなかには娘というものがいない。

お美耶は、美人である。

この松戸でも、お美耶ほどの目鼻だちをもった娘はいないであろう。

お美耶、小森氏《うじ》。

浅利又七郎の妻のめいである。最近ひきとって養女とした。又七郎としては、養子をむかえる第一段階といっていい。

夏になった。

五尺九寸。周作はもはや剣客というよりも力士になるほうがふさわしい。

事実、すもうがすきで、松戸の草相撲にはかならず飛び入りで出場し、一度も負けたことがない。

力は四人力はあった。樫の六尺棒のはしをにぎって向うのはしに大人をぶらさがらせ、それを片手握りでゆうゆうと持ちあげた。

この夏のはじめ、この土地に勧進《かんじん》相撲にやってきた古賀の里という相撲の年寄が、周作の巧妙な取り口と怪力を見こんで、

「どうだ、この道に入ってみねえか」

と、本気ですすめた。周作は、ぎょろりと古賀の里の牛のような顔を見ただけで返事もしなかった。古賀の里はそれでもあきらめきれず、周作の家までゆき、幸右衛門に会って馬鹿まじめに口説いた。

そのしつこさに幸右衛門はついに、

「馬鹿野郎」

と、がなり立てた。古賀の里もおもわず膝を立て、

「馬鹿野郎とはなんだ。手前の家の大めしくらいを天下の関取さまにしてやろうてえ親切がわからねえのか」

「なにをいやがる」

と、口のまわらぬ幸右衛門はいきなり手を出し、古賀の里の横っ面を張った。

「あっ、やりやがったな」

と、古賀の里はどっと幸右衛門にのしかかった。幸右衛門は押し倒されながら古賀の里ののど輪を攻めたてた。その利き腕を古賀の里がつかんだ。まるで牛と馬の組うちのようなさわぎになった。

折よく周作が帰ってきてこの騒ぎを見るや、すらりと大剣をぬき、ほたほたと畳をふんで古賀の里に近づき、その鼻さきに切尖《きっさき》をつきつけ、

「ふびんだが、その大首を落す」

と言い、ぱっと剣をふりあげ、宙《ちゅう》でカラリと剣をもちかえて刃を上にし、古賀の里の頸《くび》すじの急所をかるく撃った。あっと古賀の里の四肢から力がぬけ、ぶざまに畳の上に這った。

これが、あくる日夕刻の、いわゆる松戸騒動のもとになった。

矢切河原

一

翌日の午《ひる》まえ、周作が浅利道場で稽古をしていると、相撲の番頭といった鶏《とり》のように小さな男がやってきて、

「古賀の里関《ぜき》の言伝《ことづて》でやンすが」

と、小声でいった。

そこの矢切《やぎり》の河原の狐松《きつねまつ》まで足労ねがいたい、話がある、というのである。

「刻限は？」

と、周作はわざと無表情な声音《こわね》をつくってきいた。

「暮六ツ」

男は去った。

そのあと周作はいつものように浅利家の台所へゆき、婢女《こおんな》から茶をもらい、弁当の竹の皮包みをひろげ、かまちに腰をおろして食いはじめた。

にぎりめしを一つ食いおわると、もう胃の腑《ふ》がうけつけなくなった。

「もう召しあがらないのですか」

と、婢女がきいた。

周作はだまっている。

（臆《おく》したのかな？）

と、自問してみた。

べつに臆してはいない、と周作は自分に答えた。しかし落ちついているとはいえなかった。腰のまわりの血に、小さな泡つぶが無数に吹きだしているぐあいで、からだの重心が、上へあがっているようだった。それにどういうわけか、のどがひどくかわいている。

そのくせ、湯茶もほしくないのである。やはり尋常ではない。じつのところ、周作は、うまれてこのかた、喧嘩というものをした記憶がなかった。

その未知の体験を、いまからしようというのである。しかも動機が、腹だちまぎれに喧嘩沙汰におよんだ、というものではなく、喧嘩までのあいだに時間的余裕がある。

（いやなものだな）

とおもったのは、それまで待たねばならぬということだった。

周作はこの時間を「研究」につかおうとした。おおぜいを相手に勝つ工夫である。もともとこの男ほど、研究ずきな若者はいない。

周作は、小一時間ほどのあいだ、かまちで腰をおろしたままの姿勢で思案しつづけた。

婢女が、不審におもったらしい。

奥へ入って、浅利又七郎の養女お美耶《みや》にそのことを告げた。

「そう。――」

と、お美耶は小首をかしげた。

「変ね」

――お美耶さんは美人だが、い、い、しゃもじ顔だな。

と、幸右衛門が周作にいったことがある。色白で眼が異様なほど大きい。

（行ってみよう）

と、お美耶は立ちあがって、廊下に出た。養父の浅利又七郎から、

——婿にどうだ、周作は。

という言葉をきかされてから、あの無口な若者ににわかに関心をもつようになった。もっとも相手の周作には、養父はまだこの縁談《はなし》をしていないようだが。

お美耶が近づいてみると、周作は腕を組み、太い首筋をまっすぐにのばし、おなじ姿勢ですわっていた。姿勢はうごかないが、あたまのなかでは、無数の人間の手足と闘っていた。それがさまざまな力学的構図になって、はげしく明滅している。

「周作さんえ」

と、お美耶が町娘のような言い方で声をかけた。

ぎょろっと、周作はふりかえった。その眼が火のように燃えていて、いつものこの若者とはまるでちがっていた。

「ああ、あなたですか」

と、夢からさめたような眼をした。お美耶はそういう周作の顔を注意ぶかく見ながら、

「どうしたんです」

「いえ……どうも致しませぬが」

奥州人らしく、口ごもって答えた。

「だってここにじっとしていたでしょう？」

「はい」

周作の頬に、わずかだが血の色がさした。（余計なことではないか）とおもったのだ。が、お美耶は頬のあかさを自分への恥《はじ》らいと受けとり、娘らしい自尊心を満足させた。

お美耶は、板敷の上に立ったままで周作にものをいっているのである。いくら師匠の養女とはいえ、膝ぐらいついて声をかけるべきではないか。

周作はそうおもい、いつもながらこの娘のこういう態度には好意はもてなかった。もっとも、この若者はお美耶の顔をみながら、なお矢切河原のことを考えつづけていた。

（おれが斃《たお》されればどうなる）

傷つくか、殺されるかしたあとの体の始末についてである。この一件は、父の幸右衛門にも師匠の浅利又七郎にも明かさぬ以上、たれも体の始末をしてくれる者がいない。

（この娘に頼むか）

とおもったと同時に、周作はひどく落ちついた物腰で、

「暮の六ツ、いや六ツ半に、矢切河原の狐松まで来てくれませんか」

と言ってしまっていた。

こんどは、お美耶のほうがどぎまぎする番だった。そこは娘である。表情が硬《こわ》ばり、下唇が力をうしなって垂れた。

声がない。

やがて唇許《くちもと》に力が入り、

「ええ」

と懸命にうなずき、もうそれだけでこの場に居たたまれず、ばたばたと奥へひっこんだ。

（暮六ツに古賀の里に会う。そのあとまず一時間《はんとき》もみておけば事が片づいているだろう。されば六ツ半にお美耶がくる。河原の様子をみれば、事情がわかるはずだ）

と、周作はもうお美耶のことはわすれたように台所の土間を歩き、勝手口からそとへ出た。

二

陽が江戸のほうに落ちようとしている。

周作は落日を右肩に受け、江戸川堤を南にむかって歩いた。腰には脇差を一本、手にはなにももっていない。

大刀を帯びなかったのは、二つの理由がある。ひとつは、父の幸右衛門がいかにもとは武士とはいえ、いまは「浦山寿貞」という名乗りで宿場の馬医者をしている以上、その息子が両刀を帯びて歩くことは憚《はばか》られたのである。いまひとつは、この喧嘩が表沙汰になってお上の裁きをうけた場合、最初から獲物をもって現場に乗りこんだとあれば、役人の心証はどうであろうと考えたのだ。

前方に狐松がみえてきた。

陽はまだ武蔵《むさし》の空にある。周作はゆるゆると歩いた。明るすぎるというのは、こちらが一人の場合、有利ではない。

やっと狐松につき、松の根方にある道祖神の台石に腰をおろし、だまって河原を見おろした。

「周作ではないか」

と、河原にいた古賀の里が、視線をあげていった。古賀の里のまわりに、浴衣《ゆかた》を尻《しり》っ端折《ぱしよ》った相撲取りが九人、腕を組んで立っている。

（みな、獲物はもっていないな）

と不審におもい、視線を河原のあちこちに走らせたが、すぐ事情がわかった。土堤《どて》下の草むらのなかに、大きな角材が何本も横だおしに積みかさねてある。

「周作、降りて来《こ》う。話がある」

と古賀の里がよばわった。

が、周作はだまっている。わざわざおりるばかはない。

「どんな話かね」

間《ま》をおいて周作は口をひらいた。

「白《しら》ばっくれるンじゃねえ。男の首筋に刃物を当てやがって、それで済むと思ってやがるのか」

古賀の里は、へたな啖呵《たんか》を切った。

周作は、だまって河原の人数の顔色をしさいにながめている。恐怖も気おいもなく、ただ研究心だけがこの若者の脳裏を占めつづけている。

(弛《ゆる》んでいる)

と、周作は群れの顔をみておもった。多数をたのみ、周作を軽侮《けいぶ》し、ただあとは古賀の里の下知《げじ》さえあれば周作のえりがみをつかみ塵芥《ごみ》でもすてるように江戸川へ投げすてようとおもっているだけの顔つきだった。

陽が沈んだ。

残映が、むこう岸の土堤をくろぐろと隈《くま》どっている。

「つまみおろしてこい」

と、古賀の里がどなった。

巨人たちは、それぞれの場所から土堤をのぼりはじめた。

みな、獲物はもっていない。これは周作の計算ちがいだった。

(素手ではこまる)

と、周作はとっさに思った。相手が素手では周作も素手でむかわねばならない。やむなく、キラリと脇差をぬいた。抜いた効果はあった。

抜きやがった、と巨人たちはずるずると堤を降り、草むらに準備した角材、六尺棒、棍棒《こんぼう》をとった。

妙なものだ。素手のときにはあれほどふだんとかわらぬ落ちつきでいた相撲のむれが、獲物をとったとたんに、形相《ぎょうそう》がかわった。

眼が血走っている。

(やっと喧嘩顔になった)

と、土堤の上の「研究者」は感心した。裸稼業の相撲たちは、素手のときには自分の膂力《りょりょく》に対する自信がゆるがない。

獲物を手ににぎったとたん、その自信が消えうせ、恐怖が生じ、心が獲物に移動し、獲物にたよろうとする。恐怖がかれらの血相を変えさせるのであろう。

(おもしろいものだ)

と、周作はゆっくりと立ちあがった。

背後に、一人がまわったからである。ぱっと周作はふりむいた。

誘い、といっていい。

相手は四尺ばかりの棍棒をもっていたが、周作の突如の視線に動顚《どうてん》し、不覚にも仕掛けた。棍棒が、周作の頭上に落ちてきた。

戞《かっ》っ
と周作は左手ににぎる脇差でうけとめ、右手で相手の利《き》き腕をつかみ、小具足《こぐそく》の手で逆にひねりあげつつ、右内股を蹴った。

利き腕の骨が折れ、撞《どう》とたおれた。酷《むご》いとおもったが、棍棒を奪わねば自分の獲物がない。

飛びさがって脇差を鞘におさめ、棍棒を下段にかまえた。

すでに全員が路上に出ている。

五寸角《かく》、長さ三間ほどの角材が、周作の眼前で舞いはじめた。

(所詮は、相撲取りだな)

とおもったのは、頭上の角材が攻撃性にみちて舞っているくせに、なんの防御能力ももっていないことだった。あばら骨の一本一本が、角材に置きざりにされている。

(たたき折るか)

とおもったが、相手の稼業を考えた。折られては廃業せざるをえないだろう。

角材が、周作の頭上にふりおろされた。周作はとびさがった。

さがると同時に棒先を舞いあげ、伸びきった相手の籠手《こて》さきを丁《ちよう》と撃った。ゆるく、軽やかに、である。

が、コブシの指骨が悲鳴をあげた。コブシがひらき、ぐわらりと角材が落ちた。

そのとき、背後から、別な角材が横なぐりに襲ってきた。辛うじて棍棒で受けとめたが、その衝撃で周作の体がよろめいた。その崩れを、さらに角材が襲った。

数本の角材が、激しく動いた。周作はかいくぐり、受けとめ、むこうずねをかっ払い、籠手を撃ち、などして機敏にはたらいた。

働きながら、冷静に相手の動きと自分の剣の組みあう姿を、組み太刀の研究をするような態度で見た。

七人が、路上に倒れた。

周作はとびおりて、河原に立った。そのあとを追って、古賀の里が、巨体を土堤からずり落とさせてきた。

「もうよせ」

と、周作は棍棒を放し、遠い流れに投げすてた。

「おれは剣術使いだ。土俵ならどうかはしらぬが、獲物をとっての働きなら、おれのほうが勝つ」

「裸で来い」

と、古賀の里がわめいた。近寄らないのは、周作の腰にある脇差をおそれてのことである。

「裸で?」

周作は苦笑し、なにか言うかとみえたが、それっきりだまりこんだ。

この若者の得意の沈黙芸に入った。突っ立ったまま、古賀の里の顔を、息をつめるようにして見つめている。

根くらべのようだった。やがて古賀の里のほうから、眼をそらせた。と同時に、ひどく臆病な表情がうかんだ。古賀の里の大きな影が、みるみるしぼんでゆくようである。

(そういうものか)

と、周作はまた一つ学んだ。人を屈せしめる根源《もと》は要は気魄のようであった。

宵の闇が、次第に濃くなりはじめている。

「古賀の里関《ぜき》」

と、周作は敬称をつけてよんだ。

「おぬしの自慢にもなるまいゆえ、この矢切河原でのことは、口外せぬ」

「ふむ」

と、古賀の里の声に、安堵があった。周作はその安堵をさらにひろげるために、

「おぬしも口外するな。口外されては、師匠におれは破門されるかもしれぬ」

と、わざと弱味をみせてやった。はたして古賀の里は、笑いをとりもどした。

「だまっていてやる」

と、足を動かし、砂利を踏みつつ周作から遠ざかりはじめた。

それから四半刻《しはんとき》、周作はそのままの姿勢で立っていた。

無数の星が出ている。

やがて堤の上の狐松に、提灯《ちょうちん》の灯がちかづくのがみえた。やっと周作の影が動いた。

堤の下までゆき、顔をあげ、

「ここです」

といった。堤の上に、お美耶がいる。

「おりましょうか」と、お美耶は、秘密めかしく、ささやくようにいった。

「いや、かまいません」

と、周作は大声で答え、両手で草をつかみ、ゆっくりと堤の上へ出た。

「わざわざ済まぬことでございました」

と、周作はお美耶の影に丁寧に頭をさげた。

お美耶は、日没前、周作が腰をおろしていた道祖神の台石に腰をおろした。髪油のにおいが、かすかにただよっている。

「さあ、参りましょう」

と、周作はなにげなくうながした。このまま松戸へ帰るつもりであった。

「どこへ、参るのです」

お美耶は、湿りのある声で言い、すぐ、ここは松の下です、夜露には濡れませぬ——とふだんとはちがった、情熱をこめた言葉でいった。

「ここへおすわり」

と、お美耶は、台石のはしを、周作のためにあけた。

周作は、やむなくすわった。

灯が、河のなかごろで動いている。

夜船がくだるらしい。

「周作殿は」

と、お美耶はいった。いつもなら、周作さんとか、周さん、などと呼ぶこの娘が、呼びかたまでちがっていた。

「養父《ちち》から、きいたのですね」

「はい？」

と、周作はお美耶をみた。

「だから、わたくしをここへ呼びだしたのでしょう？」

周作は、だまった。縁組みのことである、とは周作も気づかなかったが、どうやら事態が、自分の計画した内容とはまるでちがったものになっていることだけは、おぼろげながらわかった。

「周作殿が、わたくしのために詠《よ》んでくれたという歌も、養父から教えられました」

「歌ですか」

憶えがない、といおうとしたとき、お美耶の唇が、すでに小さく動きはじめていた。

「思はじと」

と、かすかな節をつけてお美耶はいった。

「思へばまさる起き臥しになほ思はるる君が面影」

「…………」

周作は沈黙した。まぎれもなく、自分がすでに遠い記憶になった雪江のことをおもいだして詠んだ恋歌であった。それが、どこをどうまわって、いま狐松の下で、お美耶の唇から洩れ出るはめになったのであろう。

周作の恋は、それが恋といえるかどうかは詮索《せんさく》せぬとして――この衝撃からはじまった。

松戸の日々

一

が、さほどには進展しない。周作とお美耶との関係は、である。

お美耶はあのことがあってから周作を許婚《いいなずけ》同然の目で見るようになったが、周作のほうはそういうお美耶をうとましいらしく、むしろ彼女を避けている様子であった。

どうせ、師匠の養女と門人の関係である。平素、直《じか》な接触があるわけではない。周作は毎朝六時に道場に出てきて千遍の打ち込みをやり、それがおわると師範代として門人に稽古をつけ、師匠の浅利又七郎が居るときは浅利に稽古をつけてもらう。その間、ひるになると台所へ行って茶をもらい、そこで弁当をつかうのが入門以来の習慣になっていたが、これはあの狐松の下の一件以来、ぷっつりと行かなくなり、めしは井戸端で食った。茶をのみたくなるとガラガラとつるべを繰って、じかに井戸水を飲むのである。

(おかしい)

と、お美耶も思ったらしい。

ある日、井戸端へ足をはこんできて、

「周さん」と、するどくいった。悪事でもとがめるような目つきだった。

「なぜこのごろ、お台所でお弁当をつかわないんです」

周作は背をむけたきりだまっていたが、やがて、

「あんたがこわいのだろうな」

と、他人事のようにいった。

うそをいったわけではない。たしかに周作は、この癇《かん》のつよい娘がこわかった。どこがどう怖いのかは自分でもわからなかったが、とにかく、声をかけられると体の内側の粘膜がびくりと痙攣《けいれん》するようであった。

「どこがこわいのです」

と、お美耶は、犬でも手なずけるような姿勢で、井戸端にしゃがんだ。

あごをあげて、周作をみた。

「さあ、わからぬが」

周作は、箸を使いながらいった。ちかごろは口の重いこの男も、ひとと多少は会話をまじえるようになっている。

「じつは、あんたを可愛くない」

「えっ」

お美耶には信じられぬことだ。聞いたとき、とっさに大地がゆらいだかとおもうように狼狽したが、やがて、

「きらい？　わたしが」

とのぞきこんだ。いや、と周作はかぶりをふった。

「きらいではない」

そうでしょう、そうだと思ったわ、というようにお美耶はうなずき、

「じゃ、なぜ可愛くないのよ」

と、蓮葉に突っこんだ。特別に蓮葉な女でもないのだが、奥州の女とはちがい、下《しも》総《うさ》ではこんな会話のたたみかけをするらしい。

「なんでもしゃべっていいですか」

「いいわ」

そうだな、と周作はしばらく考えこんでいたが、やがて、「敵だな」とつぶやいた。

敵？　と、お美耶は目をみはった。わたしのこと――？

「いやちがう。師匠が、です」

「まあ、お養父《とう》さまが敵ですか。あなたのお師匠さまではありませんか。どうしてそれが敵です」

「いや、ちがうんだ」

うまく、口がまわらない。なぜ奥州になぞうまれたのだろう。

要するに周作のいいたいのは、かれの前に立ちふさがっている巨大な壁は、浅利又七郎なのだ、ということなのである。稽古のときなど立ちあがって剣をかまえれば、浅利の剣先はピタリと周作ののどもとに付いて離れない。さがろうにもさがれず、撃とうにも撃てず、あがけばあがくほど、空間に占めている相手の大きさがいよいよ大きくなってきてどうすることもできない。もはや師匠というようなものではない。周作の精神と生活を昼夜となく圧迫している怪物といっていい。

「お美耶さんは魘《うな》されたことがありますか」

「夢で。そりゃあるけど」

「あれです」

「それと私が、どんな関係があるの?」

「——まさか、あなたは」

お美耶は、ひらきなおった。

「わたしに魘されるというのではないでしょうね」

ちがう、と軽快に笑ってしまえばいいのにこの奥州うまれの若者は、不器用にだまりこくってしまった。効果からいって、そのとおりだといってしまったようなものである。


当然なことながら、お美耶は、怒って行ってしまった。

そのあと周作は箸や弁当がらを洗いながら、自分という男のぶざまさに当惑しきっていた。ばかげている。あの娘にまさか魘されはしない。師匠のことだ。

師匠が、巨大な迫力でいまの自分を圧迫している。魘されるおもいであった。お美耶がその師匠の養女であるかぎり、「可愛い」という気持がおきにくい。「なんとなくあなたに威圧を感じます。悪気でなく、台所へゆかないのはそのためです」というだけのことがあの会話のやりとりに発展し、言いだした周作自身が収拾つかなくなってしまった。

周作がもっと利口な舌をもっているなら、こうも言うべきだったろう。

「だからいまのところ、私の心の中での貴女の位置は、師匠の息女というだけの存在なのです。好きとかきらいとかいうような余裕《ゆとり》をもつことができませぬ。もし私が、師匠の浅利又七郎に三本のうち一本でも撃ちこめるようになればあの威圧から解放され、きっとあなたを好きになる余裕をもつかもしれません。それまではとてもだめです」

そのとおりの気持なのである。それを周作は言うべきだった。もっともそう言ったところで、お美耶がよろこぶかどうかはべつのことになるが。

この日、帰って幸右衛門にこのことをいった。狐松の下の一件も言い、お美耶が奇妙なほどに自分に親切だということも、勇を鼓してうちあけた。

幸右衛門は、長い顔を振りながらふむふむとうなずいていたが、やがて、

「お前は変わっているな」

と、わが子を、はじめて出会った男を見るような目で、しげしげと見た。

「まったく、かわっている」

あれほど美しい娘にそれほど親切にされながら、迷惑だといっているのである。

「おれならもう、押えつけている」

幸右衛門は、きわどいことをいった。

「気仙沼《けせんぬま》でそうしたさ。そういうことで出来たのがお前の兄だ」

この無邪気な男は、聞き手がわが子だということをわすれ、その娘をいかに荒っぽく手籠めにしたか、ということを話しはじめた。

「いやだ、というので、横っ面をばしっと張りとばしてやったさ。あぜ道でだ。人が見ていたかもしれない。すると幸右衛門様、と逆に抱きついてきやがった。いいやつだったな」

「それが亡母上《ははうえ》ですか」

「そうだ。お前にこんなことをいって、まずかったかな。しかし、必要なことだ。おれはお前に、女とはどうあつかうものかということを、男同士の立場から教えている」

お美耶に威圧される、という周作のことばを、幸右衛門は幸右衛門なりに解釈し、どうすればその威圧から解放されるかを教えているつもりであった。

「周作、いっておくが、お美耶さんをきらっては相成らぬ」

「師匠の養女《むすめ》だからですか」

「それもある。もう一つある。お美耶さんは、お前の嬶殿《かかどの》になるはずになっている」

（えっ）

と、内心おどろいたが、周作はがまんして顔色には出さなかった。顔色に出すことは、いかにも好色なようで、父の手前を恥じた。が、それで分明した。思いあわせてみるとわかる。お美耶の、周作に対するしぐさのふしぶしが、であった。お美耶はすでに父同士の話しあいを知っていたのであろう。

「お前の出世になる」

と、こう、いかにも俗なことをいうくせに、幸右衛門の顔はにがりきっていた。実のところ、浅利又七郎からかねがね、周作がほしいと望まれていた。「道統の後継者にする覚悟で仕込みたい。思いきって養子に頂戴できぬか」と浅利は、もう何度となく幸右衛門に申し入れている。

「とんでもない」

と、幸右衛門ははじめは相手にせず、周作こそ中道で衰えていた千葉の家名を興すおとこだ、と泣くように浅利の翻意をうながした。が浅利は、「なんといわれても翻意はできぬ。道統を受けた者がそれを継ぐ者をさがすことは、懸命のしごとだ。わしはすでに周作を見込んでしまった。あれほどの天分をもつ者は、わが生涯でもう二度とわしの前にあらわれぬ」といってきかず、ついに幸右衛門のほうが、

(周作の出世のためなら)

ということで、最近我を折った。浅利はさっそく周作を引きとろうと言いだしたが、幸右衛門はなお未練をすてきれず、

――周作の意向をきいたうえで。

ということで、縁談を中ぶらりんにしてある。そのくせなんとなく気が進まず、周作にはそのことを話さなかったのである。

「ちょうどいい機会だ」

と、幸右衛門は、いままでのいきさつをかいつまんで話した。

ところが千葉幸右衛門というのはおもしろい性格で、やりたくない一心でいっぱいなくせに自分の口から話してしまうと、

「周作、この千葉幸右衛門たる者がすでに請けあってしまったのだ。いまさら、お前に四の五は言わせぬぞ」

と、高飛車に出てしまった。

「そうですか」

周作は、ぼんやりしている。

実のところ、出世だ、といわれたところで実感はない。二代目浅利又七郎になることがなぜ出世なのであろう。若州小浜《じやくしゆうおばま》酒井侯の指南役、松戸の道場主、江戸でも一

三懇意の旗本屋敷に出入りしている、その程度が、男の出世になるのか。

（出世とは、もっとちがうものだろうな）

と、周作は考えていた。

周作は、父の幸右衛門がかれを買っているよりも、ばくぜんとはしていたがそれ以上に自分自身を買っていた。剣の道に志した以上はみずから独創の道をひらき、それをもって天下に覇《は》をとなえたいということである。それがたとえ中道で失敗するかもしれぬとはいえ、男たるものはそれに目標《めあて》を定めて志をたてるべきではないか。

「どうだ、不服か」

幸右衛門は、嚙みつくようにいった。

「不服なはずはあるまい。おれが考えぬいたあげくに、承知つかまつった、ふつつかながら周作めを貰っていただきまする、と請けたことだ」

「はあ」

周作はおかしくなった。おぼろげながら、幸右衛門の本音《ほんね》がわかっているのである。

「承知したな」

「いや、あと一年、考えてみます」

「ば、ばかな」

幸右衛門は、目をむいた。それを周作はおさえ、千葉家の家神である妙見様（北斗七星）を持ちだした。

「妙見様がどうした」

「願をかけてあるのです」

「どういう？」

剣の道で家名をあげたい、ということをである。家名、ということで願をかけた以上、かけた早々に千葉姓から浅利姓に変わるのは北斗七星をあざむくことになろう、だからせめて一年は待ちたい、と周作はいった。

怒るか、と思われた幸右衛門は、それをきくと顔中の筋肉を一時にゆるめた。

「さもあろう、さもあろうかい。わが家の家神は北辰《ほくしん》（北斗七星）であるによって北辰をあざむくことはできぬ。せめて一年は白紙のままで待たねばならぬ。周作はよいことをいう。そのことをさそくに浅利又七郎先生に申し上げよう」

といった。

幸右衛門の心は、いったいどこにあるのかわからない。幸右衛門自身、この問題について自分の本音がなにか、わからないために弱っているのであろう。

二

翌日幸右衛門は、

「わしは思案した」

と、妙なことを言いだした。道場を昼まで帰ってこい、わしは上州屋で待っている、そこへ来い、というのである。

上州屋とはこの宿場の旅籠《はたご》で、幸右衛門父子が奥州から流れてきたとき最初に泊まった旅籠であり、その節、幸右衛門は上州屋の亭主喜兵衛の奔走でこの町で馬医者を開業することもできた。その後幸右衛門は、喜兵衛と親戚同然につきあっている。

昼すぎ、周作は上州屋を訪ねた。

父の幸右衛門は奥の六畳の間にすわり、銚子一つを抱えこんでひとり酒をのんでいたが、入ってきた周作を見るなり、やあ来た、きょうは修行だぞ、とくそまじめな顔でいった。なんの修行です、ときくと、女なんぞは大根同然だと思う修行さ、お前はその点大根を化け物かなんぞのようにかんちがいしている、お美耶なんぞというくだらねえ阿魔《あま》っ子《こ》をおそれるあほうがあるか、情けねえ、きょうは男同士のよしみでりつぱにその修行をさせて憑《つ》きものを落してやる、と凛々《りんりん》と高鳴るような声でいった。

「どういう修行です」

と周作がいうと、幸右衛門は立ちあがって西側の障子をガラリとあけた。

すぐ下に、江戸川が流れている。

「見えるか」

と、幸右衛門はいったが、周作にはべつだん大したものは見えない。行徳《ぎょうとく》通いの船が一艘、関所の川岸《はま》のそばで帆をおろしてもやっているのと、女どもが二三人、大根をあらっているのが見えるだけである。

「みえませんな」

「ばかめ。目の下で大根を洗っている女がいるだろう。あれだ。あれも女のうちだ。浅利のお美耶さんと、女であるということについちゃ寸分かわりやしねえ。あれと夕刻まで一緒にいな」

「えっ」

といったが、立ちはだかっている幸右衛門の不愛想な顔をみると、とりつく島もなかった。

相手は旅籠上州屋の抱え妓《おんな》で、飯盛りといわれている遊女である。昼なかはひまだから、手足を真赤にさせて大根あらいをさせられているのだろう。こうしてみると、どの女も気のよさそうな農家の娘たちとしかみえない。

彼女らは、旅の客だけでなく、この近郷の若衆を客にすることも多い。十七八になると大ていの若衆は、村の兄貴株のなかまにつれられ、この松戸で女を知って大人になる、ということは周作もきいている。

周作にはそういう先達役《せんだつやく》の兄貴株がいない。

父の幸右衛門は、男としてそういう周作に同情したのであろう。女を知らないがためにはたちになってもうぶでかんじんの釘がぬけたようなところがある、と幸右衛門はおもった。

幸右衛門は部屋を出た。周作は逃げようとおもって階段まできたが、ハシゴをとりはずされている。

(裏階段はないか)

とさがすうちに、その裏階段をつたって先刻、河原で大根をあらっていた女のうち一人が、いつのまに着かえたのか、紺木綿に剣酢漿《けんかたばみ》の紋をつけたものに縞《しま》の帯を締めあげてあがってきた。

それが廊下に出るや、いきなり周作に通せんぼをし、万事心得た含み笑いをして、

周作を一室に誘った。周作がなにか言おうとすると、

「しいっ」

と、自分の唇に指を一本当て、なにもいうな、というしぐさをするのである。色白でよくふとった、神楽《かぐら》に出てくる天鈿女《あめのうずめ》のように健康そうな顔をしていた。

(これと、どうせよというのか)

と、周作は、目の前の女のそのおどけた仕草よりも、父の幸右衛門の思いつきのばかばかしさに思わず苦笑が湧きあがった。

「お酒あがる？　それとも寝る？」

と、妓はにこにこ笑いながら小首をかしげた。周作は笑いをひっこめ、仏頂面《ぶっちょうづら》にもどって、酒、酒がいい、と言った。

酒といえば幸右衛門は階下で飲んでいるらしい。ときどき、そのまぎれもない濁《だ》み声が階段をはいあがってこの座敷まできこえてきた。話題は上州屋を相手に、馬のはなしをしているようだった。

「あの人、お連れ？」

と、妓はきいた。周作はやむなく、

「おやじさ」

といった。

妓は一瞬きょとんとしていたが、やがて事情がなんとなくのみこめたらしく、いきなり体を横たおしにしてはじけるように笑いだした。やがて目をこすりながら、

「ばかねえ。……」

と、起きあがって言った。

周作がばかなのか幸右衛門がばかなのか、お蘭という、ひどく貴族的な名のついたこの宿場女郎は、明確にはいわなかった。

（父子とも馬鹿にちがいない）

周作は、おもった。階下で碁石の音がきこえはじめた。幸右衛門はおそらく、息子の修行がおわるまでのあいだ、喜兵衛を相手に碁でも打とうとしているようであった。

泥細工

一

「周作、お前はあすから当道場の住み込みの弟子になる。左様心得ろ」

と、数日後、師匠の浅利又七郎が、だしぬけにいった。

寝耳に水である。

(おれにはこの宿場に家があるのだ。住みこみでなくてもよいではないか)

とおもったが、この若者のわるいくせで、だまっていた。第一、自分が希望もしないのに師匠が勝手に住み込みをきめるというのはどういうことであろう。いかに師匠とはいえ横道《おうどう》じゃあるまいか。

(父の幸右衛門と相談してきめたのか)

そうとすれば、父はひとことぐらい、このことを自分に洩《も》らしてくれてもよかりそうなものではないか。

（馬鹿にするにもほどがある）

とおもったが、顔に出さない。

こういう場合、損な顔というべきだが、周作は一種爽やかな容貌をもっている。その容貌で、

「はい、そのように致します」

と応答すれば、師匠の浅利又七郎ならずとも、この才能に満ちあふれた若い門人は師匠の特別の思いやりに感激し欣々然《きんきんぜん》とうなずいた、と見てとってしまうのが当然だろう。

この場合もそうだった。周作は、

「はい」

とうなずくしか、しかたがない。それをみて浅利又七郎は満足した。微笑しながら、「おまえの腕を鍛えるにはそれが一番だ。そうおもった」といった。

その日、帰宅して父の幸右衛門にその旨をいうと父はすでに知っていたらしく、

「それはよかったな」

とだけいった。

それ以上は言わなかったのは、この多弁な幸右衛門にはめずらしいことだった。顔色もなんとなくすぐれず、むしろその長い顔に淋しげなかげがあった。

当然なことかもしれない。浅利又七郎は、周作を幸右衛門からとりあげて養子にしてしまう第一段階として内弟子にすることをきめたのであろう。養子の一件に気のすすまぬ幸右衛門として、周作が家を去って道場に住みこむことが、うれしいことであるはずがない。

「父上が、御承諾なされたのですか」

「お前によいことだからな。むしろこちらから願い出たいほどの事だ」

その夜、周作は寝床で、

(おれはすこし従順すぎるようだ)

と自分のことを考えた。

父の幸右衛門にしろ、師匠の浅利又七郎にしろ、まるで周作という素材を、粘土かなにかのように思うのか、手をのばしてきて指でこねあげ、勝手に細工をしようとしているようだ。当の周作の意思など、あたまから無視されている。

(せめて、師匠は父に相談する前に、おれにひとことでも言うべきではないか)

おれは泥細工の泥ではない、と師匠や父にひとこと言いかえしてやればどんなに胸がすっとすることだろう。

しかし、こうも思う。

国を発《た》つとき、父の畏友《いゆう》だった佐藤孤雲居士《こじ》が、周作をつかまえ、隣室の幸右衛門にはきこえぬほどの小声で、

「芸の道をきわめようとすれば、はじめはすべてに従順であるほうがいい。しかしその時期を過ぎてなお従順であるのはばかだ。ある時期がくればすべてに対してむほん人の旗をたてるがいい」

といった。その言葉の意味はいまなお周作にはわかっていないが、それにしても、

（こうも従順であってよいものか）

とおもうのである。このままゆけば、師匠と幸右衛門の手でこねあげたえたいの知れぬ泥人形になってしまうかもしれない。

翌朝、周作は身のまわりのものを風呂敷につつんで家を出るとき、

「しかし父上」

と、思いあまったようにいった。

「なにかね」

「お美耶《みや》という娘だけは、決して私の妻にしやしませんよ。私の気持を、はっきり父

上に申しておきます」

「ああ、はっきりと、聞いたよ」

と、幸右衛門は大きく合点々々《がってんがってん》した。そのあと、碁石をならべたような歯をむきだして破顔《わら》い、

「しかし周作。おれのながい経験でいうのだが、女なんてものはみな同じようなものだぜ。お松はいかんお梅でなくちゃならん、という絶対《こんりんざい》のちがいというものはないものだ。女に絶対《こんりんざい》のちがいがあると思っているのは若いうちの錯覚だ」

「錯覚があるから、若いうちは楽しいのでしょう」

そとでは口の重い周作も、この父にだけはすらすらものが言えるのである。

「楽しいには違いないが、自慢にはならん楽しさだ。というのはお美耶は絶対《こんりんざい》いやだなどと、いま大きな頰げたを叩くのはよせ、ということさ。結局、おらア、何年かさきにはお美耶が生んだ孫を抱かされているかもしれないからね」

（たれがあんなやつ）

と、周作は、道場への道を歩きだした。師匠に女房まで決められてたまるか、という気持であった。

二

道場に住みこんでから半年、周作はなにもかもわすれて剣術に没頭した。

浅利家での日課は、午前二時に起き、真暗な道場に出て三時間、素振りを繰りかえし、そのあと、浅利家での家事の一つとして薪を何束か割り、六時にめしを食う。午前八時まで読書し、それがおわると道場に出、門人の稽古をつける。そのかたわら、師匠の浅利又七郎が居るときは、師匠に稽古をつけてもらう。とにかく、午後四時まで竹刀《しない》を手から離すことはまずない。ちょっと、超人的といえた。

師匠の浅利又七郎のことだが、この男は毎日、松戸の道場にいるわけではない。月のうちの三分の二は、江戸の酒井家のお長屋に住み、酒井家の家士に教えている。その間、余暇をみつけては旗本喜多村石見守《いわみのかみ》方へ出稽古に行ったり、出身道場である中西道場に詰めたりする。

要するに、松戸の道場にいるのは、月のうちせいぜい十日ぐらいでしかない。

半年たって二十一歳の夏になった。

このころになると浅利又七郎と立ち合っていても周作の剣先のむこうにいる師匠の

輪廓がクッキリ見えるようになってきた。

最初のころは人というより山岳が視野いっぱいに立ちはだかっているようで、四尺そこそこのかぼそい竹刀では、手のほどこしようのない威圧的な存在だったが、ちかごろでは、結構、ただの人間の輪廓として師匠が見えてきた。その動きも、時に見失うことがあっても、七分どおりぐらいまでは、看取できるようになった。

稽古試合をやっても、最初、竹刀の音を鳴らすことさえできなかった師匠に、三本に一本は勝ちをとれるようになった。類のない進歩といえるだろう。

この夏のはじめ、師匠と立ちあった。

一本は周作の勝ち、つぎは師匠が取り、三本目の試合のとき、強引に撃ってくる師匠の合気《あいき》をたくみにはずし、あせって胴を撃とうとした師匠の太刀を捲《ま》きかえすように応じ流し、一挙に剣先を挙《あ》げ、踏みこむや、
ぴしっ
と、浅利又七郎の面を撃った。真剣なら浅利は、頭蓋《ずがい》から尻の穴まで真二つにされたろうと思われるほどの快心の撃ちで、このため、撃たれた浅利は一瞬あたまがくらくらと眩《げん》じ、

「周作、でかした」

と、飛びさがってあわてて竹刀をおさめたほどであった。このときはじめて周作は、江戸でも十指に数えられる浅利又七郎を相手に、三本のうち二本をとる試合をしたことになる。

その日の午《ひる》すぎ、浅利又七郎は衣服をあらため中間一人をつれて川むこうの江戸へ発ったのだが、道場を出るとき、

「すこしお前の身について考えていることがある。こんど江戸から帰ってきたとき、お前に吉報をもたらせるかもしれない」

と言い残した。

その言葉を浅利は門前で言ったため、門の内側の槙《まき》の木のそばに立って見送っていたお美耶の耳にも、当然なことだが、きこえたにちがいない。

妙なことがある。

去年までの周作の心の中で、あれほど可愛くないと思っていたお美耶が、ちかごろちがった印象でうつりはじめたのである。

（惚《ほ》れたのか）

とは、まさか周作もそこまでは早まらない。

要するに、師匠の養女《むすめ》である。師匠への印象と不離不即になっている。以前、竹刀をまじえていて師匠の像がけたはずれの巨大さで重くのしかかっていたころとはちがい、いまは竹刀をまじえるごとに相手の姿が軽くなっていた。それに比例し、お美耶に対して抱《いだ》いている周作の気持も以前のような鬱血《こり》がとれ、あまり反発を感じなくなり、ごく自然に接することができるようになっている。

又七郎が発ち、周作が道場の留守をあずかった翌朝例によって午前二時前に起き、洗顔のため井戸端へ行くと、真っ暗ななかでお美耶が顔をあらっている。

「どうしたんです、今じぶん」

と、普通なら声をかけるところだが、周作の場合はどうもそのように軽快なあいさつが舌からすべり出てこない。

だまってつるべを繰ろうとすると、お美耶がたまりかねて、

「お早う」

と、不機嫌な声でいった。お美耶の性分《しょうぶん》からすれば不機嫌も当然だった。門人のくせに師匠のお嬢さまに先に朝のあいさつをさせるとはなにごとか、という感情なのである。

「お早うございます」

と、つるべをとめ、お美耶のほうに顔をむけて周作は会釈をし、そのあと、むっつりと押しだまって、水を桶に入れた。

(なんと腹のたつ男だろう)

お美耶は思わざるをえない。ではないか。お早うございます、と会釈したあと、尋常のにんげんならばお美耶の早すぎる起床におどろき、「一体、どうなされたのでございます」と訊《き》くところであろう。それを、周作は訊こうともしない。

お美耶がたまりかねて、

「私、早いでしょう?」

と、自分からいった。不見識きわまることだと思った。

「左様ですな」

周作はざぶざぶと顔をあらいながら、屁《へ》のような頼りない声で答えた。

「なぜこんな時刻に起きたか、ききたくないですか」

「おっしゃってください」

(馬鹿にしてる)

と、踞《かが》んでいる周作の一枚岩のようにぶあつい背を見おろした。

「養父《ちち》がきょうから留守ですからね。師範代の周作さんがこんな時刻に起きているのに、家事《うち》を見ているあたしが寝ていてはいけないと思ったのです」

「私は修行ですよ。修行ということがなければ人並みに暁《あけ》まで寝ている」

「ふん」

お美耶は、周作のその言いぐさにひっかかった。何さ、と言わんばかりの語調で、

「どうせ暗いんじゃないの。修行修行というけど、どうせ暗い所で竹刀をつかうなら、夜使っても同じじゃありませんか。朝早くより夜遅くやったらどう？」

「左様」

周作はちょっと考え、まじめに答えた。

「この時刻、まだ眠りつづけていたい、という自分の生理に逆《さか》らって無理やりに起きることが、自分を痛めつけることになる。自分を痛めつける以外に修行の道はないから、夜よりもこの時刻のほうがよさそうですな」

「だから私も起きることにしたんです」

「あなたも修行ですか」

とは、周作はいわなかった。

そのまま道場に入り、竹刀をとり、素振りや型の稽古をした。道場に婦人が入ることは禁じられているから、お美耶は入ってこない。

翌朝もそうだった。

その翌々朝もそうである。よくつづくことだと、周作は感心したが、周作にとって、朝起きぬけに井戸端でこの娘と互いに気持を逆撫《さかな》でしあうような会話を交すことは、決して利のあることではない。起床して井戸端へ出、星空の下で霜気《そうき》を吸うことは一日の気持を整えるうえで修行者ならずとも大事なことだが、その毎日の出発を、出発点でこの娘にかきみだされてしまう。

が、お美耶はお美耶で、不快におもっている。ここ半年、周作は、台所にも出て来ず、道場横の部屋で独りでめしを食い、独りで布団を敷き、ひとりでそれを整頓し、そのあとはそのまま道場に入りっきりという生活で、一ツ屋根の下にいても、会話をかわす機会もないのである。

だからこそ、この「行《ぎょう》」をおもいついたのだが、その自分のいじらしさを相手がすこしも汲んでくれぬというのはどういうことであろう。それやこれやの想いのたけがかかっているから、せっかくの井戸端のひとときの接触のときも、つい突剣呑《つっけんどん》な態度になってしまうのはやむをえないことだった。

その三日目の井戸端で、周作はめずらしくこの男のほうから、

「よく続きますね」

といって白い歯を見せた。せっかく周作がそう出たのに、お美耶のほうは、

「行《ぎょう》ですからね」

とつい針をふくんだ、可愛気のない言い分で応じてしまった。第一、お美耶の場合、行とはなんの行だろう。周作の心を得たい、という行だろうか。が、当の周作は、いっこうにお美耶の行に気づいてくれる様子もなく、いつもふたことほど言葉をかわすと、

「失礼」

と、道場へ入ってしまう。

もっとも、日数が重なるにつれて、周作の心のなかで異変がおこりはじめている。奇妙なことだが、あれほど「可愛くない」とおもっていたお美耶に、草木も寝しずまっている午前二時に井戸端で逢うことが心楽しくなってきた。

第一、この刻限、布団をはねあげて飛びおきることに、「修行」以外の弾《はず》みをおぼえるようになってきた。

珍事といっていい。

この心中の変化に周作が気づいたとき、たじろぐような衝撃を、ひそかにおぼえた。

(父のいうとおりだったかもしれぬな)

何年かのちにお美耶の生んだ孫を抱いているかもしれぬ——と、幸右衛門はあのときいった。周作の頭に、そのさりげない言葉がはりついている。言葉だけでなく、いまではその言葉を思いだすたびに、言葉が色彩と光のある風景に変わり、風景が動き、襟《えり》もとをなまなましく寛《くつろ》げたお美耶が、子供を抱いて立っている姿が、脳裏にありありとうかんでくるのである。お美耶の白い肌から湯あがりの匂いまで嗅ぎとれるほどの、それはなまめいた映像だった。

(おれは自分のかけた暗示にかかりはじめている)

と、周作は剣客だけに、そういう自分の心を機敏に分析し、自分を叱りつけもしてみたが、かといって消えるものではない。

逢うたびにその映像は、いよいよ極彩色の色彩を帯び、いよいよ強烈に匂い立ってくるのである。

十一日目のこと、井戸端でお美耶が、

「知っている?」

と、周作に、めずらしく透きとおった微笑を匂い立たせながら、いった。

「なにをです」

「養父《ちち》が、江戸へ発《た》つときに門前で言ったことば。——こんど帰るとき、お前に吉報をもってくるかもしれない、といった、あのことよ」

「覚えていますよ」

「そりゃ覚えているでしょう、私がいま訊いているのは、その意味はなにか、ということじゃないの」

「何ですか」

「あなたと私のことよ」

お美耶はぬけぬけといったくせに、暗いなかで顔を真赤にした。要するにお美耶は、のびのびになっている周作との縁組のことを早期に実現しようという意味だ、というのである。

（ではなかろう）

周作は、なんとなくそう思った。江戸からの吉報、とそういう語列で師匠の言葉を記憶している。江戸からの吉報が、縁組であるはずがない。もっと外部の関連《つながり》で周作の運命のかわる事柄ではあるまいか。

茶碗酒

一

浅利家は、長屋門である。

むかって左が道場、右が老僕の与八と周作が住む長屋で、門扉は虫食いであばたのようになった古い杉板でできている。

開門は一番鶏。

閉じるのは、日暮前である。すべて老僕の与八の仕事だった。

浅利又七郎が江戸から帰ってきたのは、それから十日目の日没後である。

編笠、鉄扇、という姿で、浅利又七郎は門前に立つ。

挟箱《はさみばこ》をもった権蔵というのが、よく透る自慢の声で、

「お帰りーいっ」

と、節をつけて呼ばわる。

その声をきくと屋敷中が、なにをしていても所定の行動に移らねばならない。まず最初に駈けだすのは当然なことながら開門の役の与八爺である。

内側から、ぎいっ、とあける。

同時に女衆が、玄関、廊下、居間までのあいだを、点々と灯を入れてゆく。

屋敷内にいる周作ら内弟子をはじめ、稽古で遅くなっている通いの弟子たちはいっせいに玄関の式台の両側に膝をついて先生の入ってくるのを待つ。

又七郎、悠然と門内へ。

ちょっと芝居がかった所作《しよさ》だし仕掛けではあるが、これは浅利家だけではなく、中程度以上の侍の家ではだいたいこの程度の儀式はする。家長という昔の尊厳と権威を再確認する儀式であり、それを迎える者たちは自然、家長に対する服従の気持と習慣を身につけさせられる。

又七郎は、下僕の与八の照らす提灯《ちようちん》で足もとを見さだめつつ石畳を踏んで歩き、やがて玄関に入ると内弟子がたらいをもってきて又七郎の足をすすぐ。

又七郎、玄関にあがると、

「周作はいるか」

と、式台にならぶ顔を見渡した。ひときわ大男の周作が手をつき、

「これに控えておりまする」

といった。

「あとで部屋に来るように」

はっと周作は頭をさげ、さげつつ、例の吉報の一件か、と思った。

そのころ、お美耶《みや》は台所にいた。浅利家の風習で、浅利又七郎が帰館すると、屋敷うちの女どもは用があってもなくても台所に走りそこで待機する、ということになっている。

「お松、お茶を」

と、お美耶は命じなくてもお松にはわかりきったことだが、この他家から養女に入ったお嬢さまはそんな芝居めかした、殊さらな催促をしてみせるのが、いわば癖だった。

(あの吉報だわ)

と、お美耶は多少胸の躍るような気持で、養父のこんどの帰館を考えていた。かといって当の周作をとくに好きというわけでもないのである。それどころか、たれかひとに、

——周作殿がすきですか。

と問われれば、

「私はそんなみだらな娘じゃない」

とお美耶は即座に答えたであろう。好きとか惚《ほ》れたとかいうのは、色町か、黄表紙などで窺《うかが》う町家の女の消息で、お美耶はそういう感情や男女関係をはしたないものと思っている。要するに、この縁組の成立を待つ気持は周作の妻になるならなるで早くそう決着をつけてほしいということだった。同じような年頃の娘たちのなかには、もう二人目の子を抱いている者さえいるではないか。

周作にはその程度の期待といっていい。しかし養父には期待がある。縁組するならするで、早くてきぱきときめてもらいたい、ということだ。


浅利又七郎は、居間にすわっている。やがて周作が入ってきて一礼すると、

「今夜は月があるな」

と浅利又七郎はいった。この剣客は度外れた節倹家なのである。

「行灯《あんどん》の灯は消せ」

といった。月があるかぎり、灯は無用のことだというのであろう。

周作は行灯のそばへゆき、灯を吹き消し、もとの座にもどった。

闇の中に莨《たばこ》の火が浮かんでいる。師匠の影が大きく揺れたかと思うと、

「周作、江戸へゆけ」

といった。

「そう話をきめてきた。中西忠兵衛先生の道場にあずかっていただくことに相成る」

「中西先生の道場に」

と、おもわず鸚鵡《おうむ》返しに口走ったほど周作は昂奮した。中西道場といえば、実力、門人数ともに江戸剣壇の最高峰にある。この道を志した者としてその門に入れるというのは、血の沸くほどのよろこびであった。

浅利又七郎は、中西門の出である。

三代中西忠太の門人で、忠太はすでに享和元年に病没していまはなく、現在、三代を凌《しの》ぐといわれる四代中西忠兵衛が当主になっており、その門は空前の盛況を示していた。先代からの高弟として浅利又七郎、寺田五郎右衛門、白井亨《とおる》、高柳又四郎といった錚々《そうそう》たる剣客がおり、この道場の中堅クラスでも小道場の師範代ぐらいはゆうにつとまる、といわれている。

周作の立場は、中西道場に入ったところでむろん直門《じきもん》というわけではなく、あくま

で浅利又七郎の弟子であり、その弟子として預かってもらうということになる。

「資格は、預かり弟子だ」

委託研修というわけであろう。しかし中西道場の修行者としての差別はいっさいない。

「しかし、父が許しますかどうか」

といったのは、江戸での生活費のことである。江戸川一つを隔てて江戸を見ながら馬医者の幸右衛門がそれを渡りきれずにいるというのは江戸は物価が高く、とても松戸並みにはいかないからであった。むろん、この場合周作一人が江戸へゆく。幸右衛門は松戸にいてその仕送りをする。しかし、いまの幸右衛門の稼ぎではとても息子ひとりを江戸にやれる甲斐性はない。

「許すも許さぬも」

と浅利はいった。

「息子の出世になることだ」

浅利の声が急に不機嫌になっている。これほどのいい話を聞かせているのに、父がどうのこうのとは、可愛気もない。物喜びせぬ男だ、と思ったのである。

「中西門に入れば、寺田、白井という百世に何人というい わば不世出の芸者もいる。

以下、俊秀は挙げて数えるに堪えぬほどだ。なるほどそのほうをわが手許で教えつづけるのもよいが、なにぶんわしは留守が多い。留守の間、結局は田舎の大根引きを相手の修行に相成っている。このままつづけてもさきは知れている。玉は玉をもって磨かねばならぬと思い、わしはこんどの江戸滞留中、足を運んで中西先生のお許しを取りつけたのだ」

「身にあまる幸せでございます」

と、周作は頭をさげた。

「そう思ってくれねばこまる。それを、父がどうしたというのだ」

「実は、父には資力はございませぬ。この下総《しもうさ》松戸に出てくる旅費でさえ稼ぎかね、郷里の隣村に住む大庄屋が合力《ごうりき》してくれたのでございます」

「そのことは心配いらぬ」

と、浅利はせきこんでいった。

「わしが出す」

と、浅利が言い出すことを、実は周作はおそれていたのだが、幸い浅利はそういわなかった。

「そのほうの奉公の口を見つけてある。こんどの江戸滞留中、そのこともわしは頭を下げて頼んで参った」

「はい」

「はい、ではない。うれしゅうございます、と言え」

「う、うれしゅうございます」

周作は、重い口で、しかしやむなくいった。奉公口とは、いったいどういう種類のものなのであろう。

「わしは、御旗本の喜多村石見守殿のもとにも出稽古でお出入りしている。その喜多村家にいた中小姓が事情あって立ち退《の》いたがために、石見守殿はさがしておられた。渡りに舟と思い、そのほうを推すと、浅利又七郎の師範代なら願ってもないこと、というわけで気持よく承《う》けて下された」

「それは」

有難いことでございます、と続けるべきであったが、周作にはうまくいえない。

旗本の中小姓、というのは、ちょっと説明の要る侍である。

これが侍であるかどうか、いやむろん両刀を帯し、苗字を名乗り、侍髷《さむらいまげ》に結《ゆ》っている以上、侍にはちがいあるまいが、江戸の職人あたりでさえ、「サンピン」といって馬鹿にしている種類の奉公人である。

用務は、旗本の家の事務員といっていい。まだ周作のこの時期にはそういうことも少なかったが、幕末になるとこの連中のなかで渡り奉公人のような者も出、転々と主家を替えたりする者もあった。いざ合戦というような場合、果して主人に従って戦場へゆくかどうかも危ぶまれるような存在で、その点からいえば戦国時代のような意味での家来といえるかどうか。

給料は、侍と名のつく者の中での最低で、下女なみの年三両一人扶持《いちにんぶち》ときまったものであった。そのため下世話《げせわ》で三一《サンピン》と言い、市中の者が鋭敏に嗅ぎわけて後指をさし、

「なあに、ありゃ格好はああでも侍じゃねえ、サンピンだよ」

と、侍と区別して言ったものであった。要するに、中間《ちゅうげん》に毛のはえたような存在と思えばいいであろう。

「その傍《かたわ》ら、中西先生の道場に通えばよい」

と、浅利又七郎はいった。

二

周作は帰って幸右衛門に話した。

幸右衛門は奥州の人で、江戸だけにかぎられた存在であるサンピンというものを知らないらしく、躍りあがるようにして喜んだ。

「周作、ついに武士になるか！」

嚙みつくような顔で叫んだのだが、当の周作の顔はあまりすぐれなかった。かれは松戸の道場暮らしをしているおかげで江戸の侍風俗は知っている。旗本の中小姓とは江戸市民からどう処遇されているかも知っている。

（おれには、もっと誇りがある。世に出るはじめにそういう奉公を選びたくない。のちのちまであれはサンピンあがりだといわれてしまう。それならば百姓あがりだといわれるほうが、どれほど筋が通っているか知れない）

「よかったな」

幸右衛門は、戸棚から鉄釉《てつゆう》の大徳利をおろしてきて、茶碗を用意した。

「周作、のめ、祝い酒だ」

と茶碗をつきだし、なみなみと松戸の地酒を注いだ。

「のめ」

「頂戴します」

周作は茶碗を両掌《りょうて》にかかえ、眼の高さにあげ、すぐ唇までおろし、それを吸った。

酒がのめぬたちだが、これを飲まぬと親爺殿にわるいと思った。

やがて、真赤になった。

幸右衛門も茶碗に三四杯飲んでほろほろと酔い、

「いや、中小姓とは大したものだ」

と言い、言っては大口をあけてガラガラと笑った。周作はその悦びようがあまりにもすさまじいのでちょっと心配になって来、「父上、水を差すようですが」と、おそるおそる言った。

「給金ですよ」

「あたりまえだ。禄高という身分ではない」

「その給金が、年に三両一人扶持なのです」

「馬鹿野郎」

幸右衛門は、壁が落ちるほどの声でどなった。だから近頃の若い者は軽薄だと言うんだと言った。

「金がなんだ」

「いや金のことは申しておりません。身分を、言っております」

「サンピンだろう」

幸右衛門は知っていた。

「いくらおれが田舎者でもそれくらいのことは知ってるさ。サンピンと言や、江戸じゃ犬の糞程度にしか思われていない」

「はあ」

周作は父を見直す気になった。

「しかしだぜ、周作。サンピンでも侍は侍だ、侍には違いない」

「そりゃ、そうですけど」

「馬鹿だなお前、晴れて苗字がつくんだ。そこがめでてえと言うんだ。苗字がよ」

「ああ」

そこを言っているのか、と父の苦労人らしい智恵を見たような気がした。

「考えてみろ。おれたち一家は千葉姓を蔭では名乗っている。しかし、出るところへ出て身分を問われてみりゃただの百姓だ。庄屋の手もとにある人別帳（戸籍）には、おれはタダの幸右衛門、お前はタダの周作としか書かれていない。それはお前、おれは松戸にきてから、馬医者稼業の都合上、もっともらしく浦山寿貞と名乗ってはおるさ、しかしこれもお奉行所で通用する名前じゃねえ。役者や浮世絵師と同様、芸名として姓をお上のお目こぼしで私称させてもらっているだけで、人別には幸右衛門、これっきりだよ。千葉幸右衛門じゃない。そこを考えろ、お前は」

幸右衛門はぐっと茶碗酒をあおり、

「歴とした千葉周作になる。どこのだれに対してもおそれげもなしに名乗っていい千葉周作だ」

と言ううちに、自分の苦労時代やらなにやらが思いだされたのか、ぽろぽろと涙をこぼしはじめた。それを拭いもせず、

「なあ、千葉周作」

と呼んでは笑っている。

「お前は仕合せ者だよ」

話の風向きが変わってきた。

「国を出るとき、おれが旅費を稼ぎきれずにまごまごしていると、大庄屋どんが見かねて、そうか周作が修行に出るか、よろこんで合力させてもらおう、と言ってくれ

た。こんどは今度で、浅利先生が頼まれもせぬのにこんなことをしてくださる。才能とはありがたいな」

おれの一生にはそんなことはなかった、と幸右衛門の口裏には自分の過去への恨みがこもっている。

「一人の才能が土を割って芽を出し、世に出てゆくには、多数の蔭の後援者が要るものなのだ。ところが才能とは光のようなものだな。ぼっと光っているのが目あきの目にはみえるのだ。見えた以上何とかしてやらなくちゃ、という気持がまわりにおこって、手のある者は手を貸し、金のある者は金を出して、その才能を世の中へ押し出してゆく」

「それが私のことですか」

周作はどんな顔をしていいかわからない。

「お前のことさ。いや厳密にはお前のことじゃねえ。お前の才能のことだ」

才能は世の中の所有《もの》だ、公器のようなものだ、だからこそ世の中の人は私心を捨てて協《たす》けてくれる、自分のものとは思わずに世の中のあずかりものだと思って懸命に磨け、恩を報ずるのはそれ以外にない、と幸右衛門はいうのである。

「しかし」

と、幸右衛門は小首をひねり、何か言おうとしたが、口をつぐんだ。おそらく、浅利先生の場合はちょっぴり私心がある、といいたかったのであろう。縁組と相続のことである。わるくとれば、浅利の場合、縁組の必要上周作を侍の身分にしようとしているのであろうし、相続の必要上、中西道場へやろうとしているのであろう。そうでなければ、あの浅利又七郎が、門人の奉公口をさがすほどの親切心をひねり出しはしまい。

「縁組のことに浅利先生は触れられたか」

「いいえ、そのことは」

「周作、覚悟をしておけ。喜多村家での奉公にお前が馴れはじめたころを見はからって浅利先生はお美耶殿をお前にくっつけるだろう。給金こそ年に三両一人扶持だが、お長屋住まいで三食は御台所で頂戴する。されば嬶《かか》あの一人ぐらいは養えぬことはねえ。浅利先生はきっとそういう勘定をしておいでだな」

(あっ)

と、周作は、さすがに世間でこうを経ている幸右衛門の眼に感心した。浅利は周作を養子にすることはしても、養子夫婦を養うわけではなく、食い扶持は周作自身に稼がせる、という考えなのであろう。

「うまいことを考えたものだ」

幸右衛門は別にそういう浅利の勘定高さを攻撃しているわけではなく、むしろ世巧《よごう》者《しゃ》ぶりに感心しているのである。

「さすが、剣術使いだ、人間のあつかいようは、どうして馬医者以上だよ」

と幸右衛門は、敵将の神謀鬼略をほめるような、ちょうど軍談のなかに出てくる名軍師のような微笑をたたえ、周作の顔をのぞきこんだ。

当の周作こそ、いい面《つら》の皮《かわ》である。

旗本屋敷

一

旗本の喜多村家は、竜慶橋のそばに屋敷がある。さほど大きい屋敷ではない。

「お高《たか》は、八百石だ」

と、師匠の浅利又七郎が、赤城明神の門前を東へ通りすぎながら教えてくれた。

「八百石で、石見守《いわみのかみ》でございますか」

周作はいった。意外だとおもったのである。

「ああ、将軍様《くぼうさま》の御小姓だからな。石高が小さくても、五位の諸大夫になる」

いまは、御小姓から御小納戸役《おこなんどやく》になっている。どちらにしても将軍の身辺の雑務を弁ずる役目で、芸者における箱屋か役者の場合なら付人《つけびと》のような仕事をする。おなじ付人でも将軍の付人だから、五位の諸大夫、といったまるで大名のような官位をもっている。

(おそらく小才のきいた人物だろう)

周作は、会わぬ前からそう想像した。

喜多村家は先祖に豪傑をもっているわけでもなく、三河以来の由緒ある旗本でもなく、もともとは紀州徳川家の家来で、八代将軍吉宗が紀州家から出て将軍家を継いだとき、旗本喜多村の始祖正矩《まさのり》は吉宗に従って江戸へ出、旗本に列した。

(運のいい家だ)

という実感しか、周作にはない。要するに若い周作を昂奮させるような材料は、この喜多村家にはひとつもないのである。

　みちみち、浅利又七郎は、

「周作、そなたは、貴人というものに拝謁したことがないな」

　といった。

「ございませぬ」

「されば行儀作法を教えておく」

　と、玄関から謁見の間にいたるまでの作法や、拝謁の作法などをこまごまと教えた。

「わかったな」

「はい。しかし、貴人とはどなたでございます」

「こいつ」

　浅利又七郎はあきれた。

「いまからそなたが召しかかえていただく喜多村石見守正秀殿ではないか」

（そんな者が貴人か）

　若い周作はばかばかしくなった。八百石の旗本某を貴人というなら、大名や将軍はどうなる。行列を拝むだに目がつぶれてしまうではないか。

（浅利先生のわるいところだな）

と、周作は思った。浅利だけでなくこの時代の大名、旗本屋敷に出入りしている剣術家の通弊といっていい。当節、学者のくせに幇間《たいこもち》になりさがったような儒者が多いように、権門勢家に出入りしている武芸者もひどく卑屈な物腰になっている。太平の世である。武芸者も芸人と大差なくなっているのではあるまいか。

（愚劣なことだ）

周作は、のちに剣術復興期ともいうべき幕末の風雲のなかで剣とその誇りを確立するにいたるのだが、かれが喜多村家に仕えた時代は、浅利又七郎のような卑屈さはむしろ武芸者の普通の姿だった。


周作は、喜多村石見守正秀にお目見得《めみえ》の謁見を受けた。

周作は次の間で、平伏させられた。

石見守は座敷の正面、ちょっとさがって浅利又七郎がすわっていた。

「そちが千葉周作であるか」

と、石見守はいった。

「はい、左様でござりまする」

「面《おもて》をあげよ」

周作は許されるままに、顔をなかばあげて石見守の顔をみた。

三間むこうに、石見守がすわっている。

(なんだ、まだ若いな)

三十二三だろう。薄っぺらい頭、軽薄そうな唇、そのくせ利《き》かん気そうな細い眼、そうした小道具は、道すがら周作が想像してきたとおりのものだった。

(将軍家の身辺にいて、小才だけを使って渡世している。将軍の感情の動きに鋭敏な神経を働かせ、上役や朋輩とのつきあいに心を労し、そのくせ帰れば家族や奉公人に殿様として君臨している)

芸一つで世の中に立ち、できれば千古不動の道に参入したいと思っている周作自身の予想される未来には、そんな生き方はない。そう思いながら周作は無言で視線を畳に落していた。

「身が石見守である」

と、薄い唇が動いて、甲高《かんだか》い声が周作の耳を打った。周作は平伏した。その頭上を、さらに高い声が走りすぎた。

「わしは武芸好きでな、多少の自信もある」

浅利又七郎に出稽古を求めているほどだからうなずけることではあった。

浅利が、いったことがある。この殿様はつねづね、「近頃の旗本は懦弱《だじゃく》でいけない。わしなどの朋輩で一通りの武芸ができるという者は一人もおらぬ。将軍様《くぼうさま》のお身に万一のことが突発した場合、どうするのか」といっているようであった。柳営《りゅうえい》では、喜多村石見守が、浅利又七郎をまねいて武芸の研鑽《けんさん》をおこたらぬ、というのは有名なことであるらしかった。悪く解すれば、石見守にとっては武芸もまた世渡りの装飾物になっているのであろう。武芸達者の周作を召しかかえるというのも、やはり自慢の一つにするつもりらしい。

そのあと、石見守は浅利に小声でなにか言い、やがて座を立った。

浅利と周作は、お長屋に引きとって、そこで休息した。

「あと、なにがあるのでございます」

「殿様が、お前の腕を見たい、とおおせられておる」

二

（馬鹿げている）

と、周作はおもったが、邸内の道場に出、防具をつけ、竹刀《しない》を横たえ、板の間にすわった。たかが中小姓《さんぴん》の採用に武技をみたいとはなんという傲慢《ごうまん》な望みであろう。中小姓とは旗本屋敷の事務と雑用をする文官にすぎぬではないか。そのサンピンに試合をさせてみようというのは、飼犬の強さをためすのにどこかの犬を連れてきて喧嘩をさせてみようという殿様趣味のあらわれにちがいない。

相手になる剣客は、隣家の旗本内藤家の食客をしている田所平左衛門という男である。

「先生」

と、周作は浅利又七郎にいった。

「田所殿は何流を使われます」

「梶派だな」

おなじ一刀流から出た流儀だが、梶新右衛門という始祖が多少の独創を加えたため梶派一刀流といわれている。

「他流の者と試合してもかまわぬのでございますか」

と周作が、言葉の裏に皮肉をこめていったのは、どの流儀でもそうであるように修行中の他流試合は停止《ちょうじ》になっていたからだ。

「かまいませぬな」

「なにをいうのだ」

いまは殿様がそれを望んでいるのだ。浅利又七郎は、

「師匠のわしが検分している以上」

わざわざ念を押すまでもない——といやな顔をした。

周作は立ちあった。

相手の田所平左衛門は、当世風に面籠手《めんこて》こそつけているが、手に持っているのは、赤肌のびわの木刀だった。

「当流のしきたりでござるからな」

と、田所は最初にそうことわった。おそらくこの男の木刀で撃たれれば、面金《めんがね》などは割れてしまうかもしれない。籠手を撃たれれば綿蒲団《わたぶとん》を通して腕の骨は折れてしまうであろう。

ほぼ五分、相星眼《あいせいがん》で対峙《たいじ》した。

周作は動かない。

田所が動かないからである。

たがいに相手の力倆をさぐりあい、対峙の疲労によってあせりやゆるみができるのを待っている。

ときどき周作は、

「やあっ」

と、誘いの気合をかけてみるが、田所はひくく応ずるだけで動きを示さない。

(存外、気の小さな男だ)

相手はすでに印可《いんか》を得た身だという。師範免許というべきもので、道統を他に伝える資格をもっている。「目録」の周作よりずいぶん修行段階が上なのだが、構えが固い。天性の度胸というものがないのだろう。

「目録」の周作のほうは、春風に枝をなぶらせている柳のようにごく自然に、ふわりと立っている。人交際《ひとづきあい》の上では全身で緊張するようなところのある不器用者のくせに、いざ竹刀をもつと底知れぬ度胸が出てくる。

五分ほど経って、周作はちょっと竹刀を垂らした。来い、と誘ったのである。

その誘いに吸いこまれるように田所の体が跳躍し、木刀がキラリと動いて周作の籠手を撃ってきた。

(下手な男だ)

思惑《おもわく》どおりになる、と周作が嘲笑したのはむろん試合後のことである。このときはさすがに、緊張しきった精神の上で体が反射的に動いているにすぎない。

周作は、撃ち込んできた相手の木刀に対し手元をわずかに右上に掬《すく》いあげ、カラリといわゆる摺りあげた。自然、相手の木刀が右下に流れた。

すでに周作の体は、左足をさげて左斜《ひだりななめ》うしろに体をひらいている。その姿勢のまま右足をあげて猛然と撃ちこんだ。

籠手へ。

ぴしっ、と田所の籠手が鳴り、ほとんど木刀が落ちそうになった。

瞬間、周作の巨体は空中にあった。

田所自体はちぢんだ。

空中にある周作の眼の下に、開《ひら》ききった田所の「面」がひろがっている。周作の竹刀が空中で躍った。と同時に田所の面上《めんじょう》から後頭部にかけて、巨木でも落下するような勢いで周作の竹刀が落ち、斬撃が完結した。

そのときはすでに周作の体は田所をすりぬけて疾走し、田所のはるか後方で息づいている。

みごとな勝ちであった。

上段にいた喜多村石見守は、

「周作、出来るのう」

と叫び、おりてきて羽織をぬぎすてた。

「身と立ち合え」

(えっ)

と、周作は浅利を見た。

浅利もさすがにこまった顔をしている。周作はすらすらと引きさがってきて、面をぬいだ。

「先生、いかがいたしましょう」

「主命であるぞ」

と、むこうで石見守が叫んだ。周作はその声にむかって会釈《えしやく》し、

(なにをいやがる)

と思った。

浅利又七郎は狼狽《ろうばい》から立ちなおって、

「お相手つかまつれ」

と小声でいった。

「しかし、三本のうち、二本を譲れ」

「二本を」

周作がおどろくと、

「師命である」

と、浅利は威厳をもっていった。

周作は面をつけ、竹刀をとって道場の中央にすすみ、そこで蹲踞《そんきょ》した。

（負けろというのか）

主命と師命が、周作の頭上にあって圧伏《あっぷく》しようとしている。こんなばかげたことは、戦国末と江戸初期の日本兵法《ひょうほう》の黄金時代にはなかったであろう。周作が敬慕する宮本武蔵を地下からおこしてこういう情景をみせればなんと思うであろう。

（芸が、渡世の具になってしまっている）

江戸屈指の使い手とされる浅利又七郎ほどの剣客でも、一旗本の前では武道をまげてまで阿諛《あゆ》しようとするのだ。

（が、負けろといわれるなら仕様がない）

「はじめは師父に従順であれ」

と、かつて奇士孤雲居士《こじ》がいった。周作はそのことを思った。

立ちあがった。

一刀流の常法である星眼の構えをとらず、竹刀を下段に、それも極端な下段に、ちようど負け犬の尻っぽのように垂れた。相手が撃ちやすいようにしたのである。

「周作、どうしたっ」

と、さすがに検分役の浅利又七郎が気づいて、横からするどくいった。

が、周作は依然としてそのままである。しかも眼をつぶっている。

(撃たれてやる)

そう、性根《しょうね》をきめていた。

浅利は、一驚《いっきょう》した。

無口でおだやかな、土でいえば陶磁器をつくる土のように可塑《かそ》的な若者——とおもっていた周作が、意外にもふてぶてしい性根をちらりとみせはじめたことに驚いたのである。

(こいつ。——)

なまいきな、というのが、浅利のもった当然な感情だった。

「周作、構えを正《ただ》せ。当流にはないぞ」

「先生っ、手が利きませぬっ」

「中気かあっ、お前は」

「似たようなものでございます」

正直な叫びだ。

主命と師命が、周作の精神を束縛している以上、中気とおなじではないか。

そこへ、喜多村家の奥方、子息の斧三郎《おのさぶろう》、当主の妹の志乃《しの》がそっと入ってきて、道場のはるか下方にすわった。兵法自慢の殿様の試合ぶりを見るつもりなのであろう。

「あれが、今度、お召しかかえになった千葉周作という者ですよ」

と、夫人が、義妹の志乃にささやいた。

「あの者が?」

なんと大きな体だろう。その大男が、意外にも雨に打たれた犬のようにしょぼたれて殿様に対峙している。

勘のするどい志乃は、

(あれは負けるつもりじゃな)

と、とっさに思った。同時に、サンピン根性のあさましさを思って、軽蔑した。

「お嫂様《ねえさま》、あれが千葉周作でございますか?」

「そう」

「浅利先生のご自慢の門人というのに、元気がないではありませぬか」

と、嫂《あによめ》にささやいた。

「そりゃ、殿様にかかってはむりでございましょうね。ほらほら、浅利先生に叱られております」

「母上、しっ」

と、十二歳の斧三郎が自分の唇に指をあてた。いま、喜多村石見守正秀の攻撃がはじまろうとしている。

間合《まあい》がつまった。

剣先が舞いあがるや、どんと板敷が鳴り、体が一跳躍した。

面《めん》へ。

と思った瞬間、周作の竹刀がはねあがってカラカラと触れあい、すらりと周作が退《ひ》いた。

無意識の動作である。

(負けられるものではないな)

と、おもった。体がそうは動かない。

どんどん退《さが》った。

周作は余裕があるから、道場いっぱいに視野がある。すみずみまで見える。

眼のはしの視野に、白い顔がうかんだ。それが驚くべきことに、周作を冷笑していた——というのだが、現実の志乃の表情は決してそういう冷笑などはうかべていない。が、周作にはありありとその冷笑が見えた。

戛《かっ》!

と、空中で双方の竹刀が鳴った。ぱっと双方がわかれて間合をとった。

(まあ)

と、志乃が眼をみはったのは、たったいままでの千葉周作はそこにいない。全体が弾機《だんき》に化したような、火でもほとばしらせるような生命体がそこにある。それが眼にもとまらぬ迅さで動き、進み、石見守を剣先で制圧しつつ間合をちぢめ、

「…………」

と、無声の気合を全身から発した。

竹刀が動いた。

(あっ)

と、志乃がおもった。

次の瞬間に見た光景ほどむざんなものはない。石見守はのど輪を突かれ、突かれただけでなく数間《すうけん》むこうにとばされ、惨として倒れていた。

（おもしろい男だ）

と、志乃が周作に関心をもつようになったのは、この勝負は三本とも、尋常な勝ち方で周作は勝っていない。二本目は、竹刀を石見守の左頸筋にあてたまま猛烈な足払いをくらわせ、三本目は、高胴を撃った。

それも道具外れの脇下《わきした》であった。頭上から舞い落ちた周作の竹刀があばらにめりこみ、石見守は一瞬、呼吸のとまるほどの衝撃をうけ、その場で絶倒してしまった。

「周作っ」

と、浅利又七郎はとびあがったが、もう遅い。

愛憎

一

「女がその美貌をまもるように、男はその精神の格調をまもらねばならない」

と、奥州に居たころ、例の孤雲居士がおしえてくれたことがある。

剣を学ぶのもその格調を高めるためであり書を読むのもその格調を高めるためである、と、孤雲居士がいった。

「男はそれのみが大事だ」

と孤雲はいった。

周作はその言葉があたまから離れない。

（いまの境遇はどうであろう）

実のところ、旗本屋敷の中小姓《さんぴん》になるよりは大工の徒弟になるほうが、はるかにその格調を高めうるであろう。

仕事は、じつにくだらぬ。台所をのぞく家政の一切をやり、夜は帳付けまでする。それだけではなく、殿様、奥様、その子供たちの御機嫌をとらねばならず、出入りの商人との応接もせねばならぬ。この仕事をしてみると、くだらぬ世間の一面も知った。

「あなた様が吉村様のおあとに参られましたお方で」

と、隙をみて周作の袂《たもと》の中にひねり紙を入れようとした商人もいた。周作が叩きかえすと、「それはどうもお固いことで」と馬鹿にしたような顔で帰ってゆく。その男が帰ったあと、しばらく部屋に饐《す》えたようなにおいが立ちこめているようにおもわれ、あわてて戸障子に飛びついてカラカラと明けはなったほどだった。

「おぬしは若いな」

と、隣家の中小姓《さんぴん》がやってきてこの話が出たとき、あきれ顔でそういった。貰っておくのがこの道の習慣だぞ、それがあってこの安いお給金でも中小姓はもつのだ、とこの男はいった。

「御当家にいた吉村善助爺さんなどは、植木屋や畳屋からも取りこんでいたさ」

「私は左様なことはしません」

「世間はな」

と、隣家の中小姓がいった。

「そのようにして動いているのさ。おれたちは屈辱的な暮らしをしているが、出入り商人だけには威張れる。不心得のかどがあればどしどし出入りを差しとめてしまう。それがこわいから商人が、幾許《なにがし》かの挨拶をする。それが余得になり、われわれは暮らせる。そういうことで中小姓が食っているということを、御旗本衆はよく知っているよ」

「では、当家の石見守様も御存じでございますか」

「ご存じだとも。だからこそ薄いお手当を出して主人面《しゅじんづら》をなさっているのさ」

隣家の中小姓がわざわざ説教にきたのには魂胆があるらしい。周作が商人の賄賂《まいない》をはねつけたという噂が、軒並の旗本屋敷の中小姓の耳に入って、

——左様な不心得者がいては、近所めいわくだ。ひとつ説諭してくれんか。

という話が出て、この男はきたらしい。

「お老中、若年寄、みな袖の下で生きているんだよ。それが世間だ」

「世間と私は別です」

「えっ、別か」

「別です。世間などというものと一緒に歩いていては、おのれの大業をなしとげられますか」

「なんだ、おのれの大業とは」

男は、眼を据えた。「やさしく教えてやっていりゃいい気になりやがって。なんだ、そのご大層な大業とやらを聴かせて貰おうじゃねえか」と、凄《すご》みはじめた。

「大体、新入りの中小姓てものは、酒の三升も用意してわれわれを招き、よろしくお引きまわしねがいます、といって相応の礼儀をつくすのがあたり前だ。それもしやがらねえで、おのれの大業たあどういうこったい」

(なるほど、世間とは、こんな男が充満している場所か)

と、周作は驚いた。

男はかりそめにも武士のくせに、下職《したしよく》のような言葉をつかって得意になっている。

「酒を買う金なんぞは、ありませんよ」

「商人《あきんど》にそう言えば調達してくれらあ。それとも、大業とやらのために出来ねえというのかね」

(こんなのは奥州にはいなかったな)

と周作は悲しくなった。

「どうぞ、おひきとりください」

周作は立って、土間に降りようとした。男もかっとしたのだろう。

「この礼儀知らずの田舎者《いなかもん》っ」

と叫ぶや、背後から周作の襟をとって引き倒そうとした。それが、隣家の中小姓《さんぴん》の不幸だった。

周作の手に、どこをどう掴まれたのか、男の両足がふわりと浮いた。浮くなり、ぶーんと一回転して土間へ蛙のように叩きつけられた。

二

いろんな事がある。

周作の心は、いちいち傷がついた。要するに世間知らずの、初心《うぶ》い田舎者なのだ。喜多村家では人間の階級というものを知らされた。周作の田舎では、階級といえば庄屋と百姓の二階級ぐらいなもので、百姓たちはその点、おおらかに暮らしている。が江戸の武家社会では、人間に複雑な等級がついている。

喜多村家のなかでも、誰にはどの程度の辞儀を用い、だれにはそういうことは必要ない、ということが、さっぱりわからなかった。

(石見守様が給金をくだされているのだ)

と思うから、この人には浅利又七郎に教わったとおりの作法で接したが、その家族に対しては周作は、在所の村の道で村人に出会うときの辞儀なみで接した。

いや、接しようとした。ところがある日、

「お待ち」

と、するどく声がかかったのである。実はその直前の周作の行動は、外出から帰ってきて門を入った。門からそのまま中庭に入り、そこを通りぬけようとしたのだが、縁から声がかかったのである。

縁には、お嬢様の志乃がすわっている。

「周作、なぜあいさつをして通りませぬ」

「あ、どのような」

と、周作は赤い顔でとまどった。

「辞儀をすればよろしゅうございますか」

「土下座するのです」

と、志乃はからかった。実際はこういう場合、歩きながら小腰をかがめ、よいお天気でございます、とひとことぐらい天候のことをいって通りすぎればよい。そこを、志乃は周作の田舎者をおもしろがって、からかおうとしたのである。

「土下座を」

「そう」

と、志乃はおかしさを懸命にこらえながらわざと権高《けんだか》にうなずいた。むざんな遊びである、と多少自責《じせき》の念はもったが志乃にすればやむをえぬ。志乃は周作を最初に見たときからこの壮漢に強烈な興味をもっている。一度ものを言いたいと思っていたが、しかし下司下郎《げすげろう》ともいうべき階級の周作に、お姫様《ひい》である志乃が声をかけるような機会というものはありえない。無理にそれを持つとすれば、「お叱り」の場面を、ことさらに創《つく》りだす以外に手がなかった。

「土下座をするのです」

と、もう一度志乃はいった。

周作はやむなく土下座をした。

「周作、申し聞かせます。そなたは、日頃表の門から出入りしているようじゃな」

「はい」

「それは武家の作法に外《はず》れます。奉公人は裏の勝手の戸口から出入りするのです」

「しかしいかに奉公人でも、主筋《しゅすじ》のお方からお声をかけられたとき、このように土下座をせねばなりませぬか」

「その土下座は罰です」

と、志乃はやや楽しそうにいった。表門から出入りしたり日頃主筋に不作法ばかりをする罰だ、と志乃はいうのである。

「周作、そなたは隣家の中小姓《ちゅうごしょう》を、土間にたたきつけたそうでありますな」

「は」

周作は、うなだれた。

「なにやら腹だちのあまり左様にした、と聞きます。腹立ちと申せば、当家にきたその日兄を道場で投げとばしましたな。よくよくの癇癪持ちのように思えます」

志乃は、つい図《ず》に乗った。

「かように土下座をさせる志乃をも、周作は投げとばしますか」

「左様、もし御ぶじょく遊ばされれば」

「もう、ぶじょくをしています。主筋の者には土下座をせよという作法もないし、また武士を、そう、中小姓も武士ですから——それを罰するのに土下座などはありませぬ。ちゃんと切腹という罰があります」

左様、切腹がある。百姓町人や、おなじ武家奉公人でも中間《ちゆうげん》などにはそれがない。旗本の中小姓が歴とした武士であるということを証拠だてる一事は、切腹という名誉ある罰が公認されていることである。

「されば土下座などは」

と、周作は忿《いか》りに燃えていった。

「百姓町人の礼で、中小姓の礼ではありませぬな。お姫《ひい》様は、なんのゆえにそれがしに土下座などを命じられた」

「周作には、許嫁《いいなずけ》がありますか」

と、志乃はまるで別のことをきいた。

「ござりませぬ」

周作は答えてから、浅利家のお美耶《みや》を思いだした。あれはこのままてておいては、ずるずると許嫁になってしまいかねぬ、とおもった。

「本当ですか」

「もう土下座はよろしゅうござるか」

「どうぞ」

志乃はかるくあごをあげた。六尺近い若者をこのようにあしらうのはいい気持だった。

周作はほこりを払って立ちあがり、ゆっくりと志乃のそばに寄った。

志乃は思わず後退《あとず》さりしようとした。

さっ

と、周作の手がのびて、志乃の右手首をつかんだ。それも力まかせに。

「折檻《せっかん》でござる。報復といってもよろしい」

周作はさらに握力を強くした。志乃の手首は、骨が鳴りそうに痛んだ。が、ふしぎなことにこのお姫《ひい》様は声も立てない。顔を真赤にしてこの激痛に堪えている。

「周作は」

と、この若者はいった。

「みずからを一個の士だと思っている。中小姓《さんぴん》とも奉公人とも、当人は思っておりませぬぞ。なるほど浮世の身分は卑しいかもしれぬが、浮世の身分などは仮りの約束事にすぎぬ。わしは左様な浮世から独立した一個の士たろうと心掛けている。ぶじょくは許しませぬぞ」

「かんにん。……」

と、志乃は小さく言った。

周作の手が離れたとき、志乃は、不覚にも恍惚《こうこつ》とした表情になった。が、すぐその表情をひっこめて、

「周作、手の骨がくだけた」

「医者にでもゆきなされ」

と、周作は悠々と去った。胸中、これほどに痛い目に遭わせておけばよい、ぼやぼやしているとこの江戸では何をされるかわかったものではない、とそう思いながら歩いた。

(階級から独立した人間になってやろう)

と、周作は思った。そういう生き方ができるか出来ぬかわからないが、とにかくこの江戸の武家社会で身を置く場合、そうとでもしなければ、男子としての精神が圧殺《あっさつ》されてしまう、とおもった。

当家の道場での稽古も、すさまじい。

言いわすれたが、当家に周作が召しかかえられた条件のなかに、主人喜多村石見守の兵法のお相手をつとめる、という一項が入っている。

余談ながら周作ほどの腕の者は、いまや広い江戸でも三十人とはいないであろう。喜多村石見守はそれほどの者を、たかが三両一人扶持《いちにんぶち》で召しかかえたことになるし、推薦者の浅利又七郎は、それほどの腕の者を喜多村家に送りこんだことによって、石見守の機嫌を取り結んだことになる。

浮世の大人どものずるさといっていい。

(その手には屈せぬぞ)

という不逞《ふてい》の性根《しようね》が、そろそろ周作の心のなかでもたげはじめている。

兵法好きの石見守は、身も世もない無邪気さで撃ちこんでくるのだが、周作の指導には愛嬌というものがない。隙《すき》を作ってやらず、相手がどう来ても、つねに竹刀でカ

ラカラとあしらうばかりである。ときどき嗜虐的なほどのすさまじさで、
　ぴしっ
と撃ち込む。その痛さは、ときに翌日まで持ちこし、このため石見守が殿中で足をひいて歩くので、

——どうなされたので。

とひとにきかれたりする。

「周作の剣には、照りがないな」

と、石見守が口惜しまぎれに言ったことがある。

「強くなりたい一心で、人間としての余裕がない証拠だ」

「左様、それがしは負けませぬからな」

と、周作はいった。師匠の浅利又七郎は、ときどき石見守に撃たせてやっているのである。周作にすれば、自分のは師匠のような営業用の剣ではない。

自然、石見守はそういう周作をさほど気に入らなくなり、周作もこの主人を好まない。なぜならば喜多村家にきてみると、師匠が石見守まで通じてあるはずの、

——わが流の宗家、中西忠兵衛先生の道場へ、隔日にかよわせていただく。

という一件を、当の石見守のほうから切り出さないのである。これではただの中小《さん》

姓《ぴん》になりにきたようなものではないか。

一月《ひとつき》ほどして、椿事《ちんじ》がおこった。師匠がお美耶を連れてやってきたのである。

一同、座敷に通された。

「これに控えおりまするは、手前養女にて周作が許嫁《いいなずけ》、美耶でござりまする」

と、浅利又七郎はいった。

師匠の背後にすわっていた周作は、師匠の奸智におどろいた。周作の主人にこうお目通りをさせておけば、もはや逃げもかくれもできぬ公認の仲になる。

「ほう、それはめでたい。ではいつ婚儀を？」

「来月の早々にでも数日暇《いとま》を頂き、松戸のわが屋敷にて婚儀を取りおこなわせたいと存じています」

「ああ、松戸で」

と、石見守は気づいた。

「されば浅利先生は周作を婿になさるわけじゃな」

そのあと、浅利又七郎は、さっさと喜多村家を出てしまった。お美耶にすれば周作とひとことでも言葉を交わしたかったであろうが、そのゆとりもない。

周作は、数日、そのことで浮かぬ顔をして暮らした。

その日から五日後、その日も周作は中庭を通りすぎようとしていると、

「周作」

と声がかかった。ふりむくと志乃が立っている。

「そなたは、わたしを騙《だま》しましたな。許嫁があるか、とたずねたとき、なぜ、あのようにうそをついた。そなたはそれでも士か」

「弁解は致しませぬ」

と、周作は、志乃が見てさえ痛々しいほどの表情でうなだれた。

「あの美耶と申す娘、わたくしの部屋にもあいさつにきた」

えっ、と周作は顔をあげた。

「あの娘には、周作が惜しすぎる」

「左、左様な」

「あの程度の娘と生涯添いとげねばならぬとは、周作も、よい運命《ほし》にはうまれついておらぬな、と思った」

「余、余計なお世話でござる」

「ほら、憤《おこ》った」

志乃は、あわてて両手をうしろに隠した。周作がまた近寄ってきて手首を握りはせぬかと怖れたのである。

周作はその所作を可愛いと思った。志乃の前ではじめて微笑してしまっている自分に気づきながら、

「それがし、奥州にいるとき、孤雲という居士が申されました。愛ハ憎《ゾウ》ノ始《ハジメ》ナリ、徳ハ怨《ウラミ》ノ本《モト》ナリ、と。管子《かんし》という書物にあるそうでございます」

人は人に濃密な情をもつべきではない。愛はやがては憎悪になり、恩義もやがてはうらみのもとになる、という意味である。一道を築きあげようとする者にとって怖るべきは愛であろう。周作は、できればそういうものからも孤立した自分でありたい、と志乃にいった。

「無理よ」

と、志乃は煙るような微笑でいった。

「そういう情から脱《ぬ》け出られたひとは、お釈迦様ぐらいしかないわ。周作はきっとあの娘と添って、泥ぬまのような愛憎の地獄におち入るわ。愛ハ憎ノハジメナリ、徳ハウラミノモトナリ、か。私もよく憶えておいて、いつかこの言葉を周作に想い出させてあげます」

──で、婚儀はいつ？　と志乃はきいた。

「存じませぬ」

「来月の五日だそうよ」

お美耶からきいたのか、志乃のほうがよく知っていた。

馬庭念流

一

本郷の加賀屋敷のそばに、近藤登助《のぼりのすけ》という大身の旗本が住んでいる。

「近藤殿の屋敷におもしろい兵法者《ひょうほう》が出入りしているらしい」

と、喜多村石見守が周作にいったのは、この月の終りごろであった。

「近藤殿があまりに自慢なさるので、わしもつい腹にすえかね、なんの手前どもの中《ちゅう》小姓《ごしょう》千葉周作という者と立ちあえば右の者などは雀のようなものでござるよ、と申してしまった。そのためそのほうと立ちあう手はずがきまった」

「私と」

旗本の殿様などというのは兵法者を闘犬の犬か軍鶏《しゃも》のように思っているのではあるまいか。周作はじつのところ他流試合どころではない。来月に入って早々《そうそう》に松戸に帰り、師匠が進めている婚儀に婿殿《むこどの》としてすわらねばならず、いまはそのことであたまがいっぱいだった。

「じつはその男が、あす当家に来るのだ」

「あす」

あす、となれば師匠の浅利又七郎に連絡をする時間の余裕がない。

「わたくしはまだ印可《いんか》を得ぬ身。印可をさずけられるまでは他流試合などは師匠のゆるしがなければできませぬ」

「主命だ」

石見守は、気軽にいった。周作はなおもにがい顔でことわろうとしたが、ふとその兵法者の名をまだきいていないことに気づいた。

「何流をつかう何という者でござりましょう」

「周作、その名を申してもよいのか」

「なぜでございます」

「相手の名を聞いた以上は、聞いてから立ち合わぬといえば兵法の廃《すた》れになるぞ」

「されぱお伺いは致しませぬ」

「臆《おく》したな」

石見守は笑った。

実は、石見守は、ちかごろ江戸の剣客のあいだでもうわさされている上州人本間仙五郎の名を出そうとしている。

「どうじゃな、申そうかな」

「おおせられますな」

と、周作は懸命な表情でいった。

「いかに主命であろうと事兵法に関するかぎり師命がなければ立ちあいかねます」

「浅利先生のほうには使いを走らせてある」

石見守は、うそをいった。

「名を言おう。馬庭念流の本間仙五郎だ。聞き及んでおろう」

「左様、名だけは」

「当節、古流儀では無双の使い手とされている。われわれ兵法に心を寄せる者としては、稽古法の当世風な中西派一刀流と、木刀で形《かた》のみを練ってきている古流儀との、いずれが優るやを知りたい」

そういう興味である。

本郷の近藤登助もそういう興味でこの試合を進めているが、先方は先方で、かんじんの本間仙五郎が、

——いやいや、他流試合などは。

と、どうしても諾《うべな》わない。それを近藤登助がだましてこの喜多村屋敷につれてくるのである。

本間仙五郎は、上州赤堀に住んでいる。土地の大地主で蚕種商と質業《しちぎょう》をかね、また近郷の束《たば》ねをする大名主として苗字帯刀《みょうじたいとう》もゆるされていた。要するに、その兵法による盛名がなくても上州きっての大旦那として不足のない身分の人物だった。齢は五十五六で、その年齢からみても近藤登助などがどうけしかけても乗るような人物ではない。

本間仙五郎には、武勇譚《ぶゆうだん》が多い。

前橋へ所用があって夜道をあるいているとき野良犬十頭ばかりに襲われたが、脇差をとって構え、犬をいっぴきずつひきよせつつことごとく斬った、というたぐいの話

である。馬上の居合もでき、柔術も渋川流の皆伝をとっており、諸芸いたらざるはない。

　兵法は最初、荒木流の大山志摩之助から教えを受け、数年赤城不動に参籠し戦国期の兵法ばなしにあるような難行をかさねてついに免許を得た。その後、関東における古兵法の大宗《たいそう》ともいうべき馬庭念流の宗家に入門し、いまでは師匠をしのぐほどの名がある。近藤屋敷にときどき来るのは、近藤家が代々馬庭念流の保護者として、その江戸における流儀ひろめに力を貸してきた関係があるからであろう。

「底知れぬほどの術者らしい」

と、石見守は、近藤登助からきいたはなしをした。ある日、本間仙五郎が近藤屋敷にきて兵法ばなしをしたついでに、

「ほんの座興に」

といってうつぶせになった。近藤家の家来衆をよび、「私を力まかせにおさえつけるように」とたのみ、足に二人、手に二人、背中に一人、あわせて五人におさえつけさせ、

「よろしいか」

という。よろしい、とみなが返事すると、されば、と言いながら仙五郎は無造作に

立ちあがってしまう。

「もう一度」

とみなが意地になって仙五郎をおさえつけてみるが、何度やってもおなじ結果だった。

（なんだ、その程度の男か）

と、周作は思った。そのような体技を人前で披露してみせる神経というのは、孤雲居士《こじ》のいう、格調の高い人間のものではあるまい。

「ちかごろ」

と石見守はいった。

「江戸の兵法は華法《かほう》剣術といわれるように外見は軽やかで中身は智に偏《かたよ》っている。もともと兵法とは豪傑の法だから、田舎にのこる古兵法のなかにこそそういう不思議のわざがあるのだろう」

「お言葉ながら、左様なことぐらいはこの周作でもできまする」

「ほう、できるか」

「お疑いでございますようなら、お人数をおあつめくださいますように」

といってから、周作は後悔した。技《わざ》を衒《てら》ったところで仕方がないではないか。

やがて五人の人数がそろい、わっと周作にとびかかって、その胴、手足をおさえつけた。隣家の家士、当家の中間が二人、それに植木職、左官もまじっている。いずれも屈強の男であった。

「よろしいか」

周作は気合もろとも、海老《えび》のようにはねかえって立ちあがった。男どもはころころと周作の足もとでころがった。

「なんだ、周作にもできるのか」

石見守は拍子ぬけしたようだったが、やがて、

「見事、近藤殿への自慢のたねがまたふえたぞ」

「いや、よしなきことでございます。かような技をお見せ申したところで、周作の兵法にはなんのたしにもなりませぬ」

翌朝。

その男がきた。

二

周作が主人によばれて座敷に伺候《しこう》すると、正面に近藤登助がすわっている。下座に、柔和な顔に町人まげを付けた、やや肥り肉《じし》の老人がすわっていた。それが本間仙五郎だった。苗字帯刀をゆるされた剣客だから当然侍姿をとってもいいのだが、帯には脇差を一本挟んでいるにすぎない。

「周作、そちらに控えておられるのが、馬庭念流の本間仙五郎殿だ」

と、石見守は丁重に紹介の労をとった。

「痛み入りまする。仙五郎めでござります」

と、周作のほうへ頭をちょっとさげ、福神《ふくじん》のような笑顔をむけた。辞色は柔和だが、どことなく威がある。とはいえ若い周作はその威よりも、

(これが剣客か)

その形姿《なりすがた》に内心おどろいた。

聞くところでは仙五郎は商道のほうもたくみで、かれの代になってから蔵が二つもふえたという。かれが町人姿をとっているのは、本業が商《あきな》いだからであろう。

客の近藤登助と主人の石見守が、しきりと兵法ばなしを交《かわ》しはじめた。

仙五郎は微笑してだまっており、ときどき何か訊《き》かれるとそのつど頭を低くし、丁重に答えた。どうみても大名の御用商人のようだった。

石見守が、例の周作の五人跳《は》ねの自慢をはじめると、周作が恥じるよりも仙五郎のほうが赤くなって、

「あ、いたずらはできぬものでござりまするな」

と石見守のほうへ手をふった。

もともとあの技を近藤屋敷でみせた動機は兵法と老齢の話がでたからだという。

近藤登助が、

――仙五郎、兵法はとしをとると骨身が固くなって衰える。齢をとってなお修行をつづけているというのも、むなしいものだな。

といったとき、仙五郎は、――お言葉をかえすようでございますが、骨身が固くなるのをふせぐのが修行でございます、と言い、その証拠としてああいう芸をみせてしまったというのである。

「軽忽《けいこつ》なことはできませぬなあ。そのようにお咄《はなし》になって出るときには、なにやら厭らしいわざ自慢のようにとられます。そのために千葉殿もとんだ被害を受けられまし

たな」

と、いたわるように周作をみるのである。

「仙五郎殿、かようなことは当世の好話題ゆえほうぼうで訊かれるであろうが、今様《いまよう》のシナイ剣術とそのほうどものような古流儀の兵法とはどちらが極意《ごくい》に近づきやすいか」

「シナイのほうが近づきやすうございましょう」

と、意外にもそういうことをいった。

「われわれの古流儀は形《かた》ばかりを稽古し、シナイのごとく打ち合いの稽古はあまりやりませぬゆえ進みが遅うございます」

「それでは、古流儀は不利か」

「ではござりませぬ。古流儀はこれを篤実に学べばかならず極意に達しまするが、シナイは進歩も早いかわりについつい華法に流れ、かんじんの兵法の眼目を逸してしまうおそれが多分にござりまする。結局は無駄でござりまするな」

「周作、左様か」

と、正面から近藤登助がいった。

「心構え次第では、シナイ撃ち合いのいまの兵法のほうが、形修行の古兵法よりも百倍もまさっておるかと存じます。兵法の眼目はかわらぬにせよ、世の進むにつれてその稽古法はどんどん理に適《あ》う方へかわってゆくべきもの。兵法修行の結局の目的は太刀をもっての撃ち合いでございますから、便利な防具、撃ち具さえ工夫されればそれを用いて最初から撃ち合いによって流祖の極意にいちはやく達するのがよきかと存じまする」

「されば撃ち合ってみればどうじゃ」

と、近藤登助はいった。

「それはなりませぬ」

仙五郎は言下にことわった。その態度に似ず手きびしい語調だった。

そのあと、近藤と石見守がしつこくすすめたが、頑として応じない。

「どういうわけじゃ」

「手前どもは木刀にて立ちあいまする。前途ある若者の命を縮めたくはございませぬ」

「本間殿」

周作は、さすが気色《けしき》ばんだ。

「それがしが負ける、と決めてかかった上でのお断りでござるか」

「千葉殿は他流試合をしたいのでござるか」

「いや、したくはござりませぬ」

「されば、よしなされ」

「しかしいま何と申されました。それがしの命を縮めたくはない、と申された。左様にいわれては引きさがるわけにはゆきませぬ」

「勝つにせよ負けるにせよ、師匠の破門をうけまするぞ。およしなさるがよい」

と、仙五郎は相手にしない。

その日は帰った。

ところが翌日、仙五郎はひそかに周作をたずねてきて、

「そこまできたから立ち寄りました。道場をお貸し願えませぬか」

という。主人石見守は出仕して留守だが、道場は周作の管理になっているから、

「どうぞ」

と言い、何につかわれます、ときくと、本間仙五郎は微笑《わら》ったまま答えない。

周作は仙五郎を道場に案内した。

「木刀を一口《ひとふり》拝借」

とそれをうけとり、ぴゅっと素振りをくれてから、

「千葉殿、これは試合ではござらぬぞ。試合といえば差しつかえがある。こう致そう、それがしが当御屋敷に侵入した曲者《くせもの》――となれば、千葉殿はどうなさいますかな？」

奇怪な言分である。

道場の中央に突っ立ってそれを言っている仙五郎の顔の筋肉はもはや商人のそれではない。

兵法者である。

「…………」

周作は無言で羽織をぬぎすて、刀の下緒《さげお》をとってくるとタスキをかけた。主家に侵入した曲者とあれば奉公人としては斬らねばならぬであろう。

真剣をスラリと抜いた。

「本間殿、参る」

「参られよ」

と言いながら本間仙五郎は二十尺のむこうで蹲踞《そんきょ》し、左手で木刀を擬《ぎ》し、右手で羽織をぬぎ、おなじく下緒でタスキをかけて、そのまま立った。

試合がはじまった。

間合《まあい》がつまる。

周作は一刀流の定法である星眼《せいがん》にかまえ、右足を出し、左足をわずかに引き、その足構えのまま詰めてゆく。

馬庭念流は歩き足である。歩くように、左右たがいちがいにして踏み出てゆく、構えは八双《はっそう》であった。

やがて間合は十尺にちぢまった。本間仙五郎は左腕のやや上に両眼を出し、

「出来る。思ったとおりだ」

といった。声音《こわね》は平常とかわらない。ただ、言葉がひどく粗野になっている。

「シナイ剣術でそれほどできればまあいいほうだろう。しかしその中西兵法が邪法であるということだけは教えておかねばならぬと思って出かけてきた。酔狂なことだが、兵法とはもともと酔狂の道だ。覚悟してもらわねばならぬ」

語尾に重い憎しみが籠ったようである。周作には憎まれるいわれはないようだが、衰亡の一途をたどっている古流儀の兵法者の側からみれば、当節流行の中西派一刀流のシナイの術者そのものが我慢のできぬ軽薄の徒にみえるのであろう。

「…………」

周作はなにもいわない。ただ音もなく間合を詰めた。

ろう。

仙五郎も、詰めた。

いきなり仙五郎が身を飛ばして踏みこんだ。いや周作の跳躍のほうが早かったであ

かあーっ

と仙五郎の気合が道場いっぱいにひびきわたったときは周作の刀は飛び、はるか道場の東すみに落ちて行き、当の周作は右膝をついて板敷に崩れ、その頭は仙五郎の木刀でかるくおさえられていた。

「如何《いかが》」

仙五郎はいった。すでに剣先を上げて上段に取り、いつなりとも周作の頭を粉砕できる態勢にある。

(なぜ負けたか)

周作にはわからぬ。

「如何」

と、仙五郎は降伏を督促した。「参った」といわねば、仙五郎は勝負の定法により周作の頭をこなごなに打ちくだくであろう。

「如何」

「どうとでもなされよ」

周作はその姿勢のままいった。口惜し涙がぽろぽろと流れ落ちた。

「泣くな」

上州の剣客はいった。

「そのほうは喜多村石見守様の御庇護《ごひご》を得ているのを幸い、さんざんに古流をけなし新法を吹聴《ふいちょう》しておるそうな」

(ち、ちがう)

「その増上慢の鼻が折れたであろう。のちのち反省のために利き腕を折ってやる」

あっと紙一重で身をかわしたが、仙五郎の木刀はさらにうなりを生《しょう》じて周作の左籠《こ》手《て》を襲おうとした。周作は四肢を跳ねさせて背後にころんだ。仙五郎はさらに踏みこんでくる。周作は獣のようにころび逃げながら、

(こ、こいつ。試合ではない。拷問《ごうもん》だ)

「どうだえ」

仙五郎はそれが面白いらしい。まるでなぶるように踏みこんでゆく。

やがて仙五郎の木刀がぴしっと周作の右の二の腕を撃った。撃たれる直前に周作は腕をななめに傾けたため筋《すじ》の割れるほどの激しい打撲だけで事はすんだが、直角に受

けていたら骨はくだけていたであろう。

仙五郎は去った。

周作は、激しい疲労と屈辱と腕の痛みのために蹲《うずくま》ったまま立てそうにない。

やがて這うようにして道場を出、井戸端にゆき、手拭いをもって腕を冷やした。屈辱はある。しかし憎悪はなかった。

その屈辱が憎悪にかわったのは、夜に入ってからであった。周作ははれあがった腕の激痛にたえかねて寝床の上を輾転《てんてん》としながら、

（おれの生涯の目標はきまった。新流を工夫してそれをもって古流を叩きつぶしてやる）

とおもった。

婚儀

一

周作はお屋敷に数日の暇《いとま》をもらい、夜明け前に屋敷を出て、松戸の宿《しゅく》へむかった。お美耶《みや》との婚礼の座にすわらねばならなかったからである。

（つらいことだ）

お美耶との婚儀がか、それとも本間仙五郎に撃たれた右腕の痛みが、か。周作には自分の気持を的確に解剖《ふわけ》する能力がなかったが、その二つが奇妙に入りまじって、心を極度に重くしていた。

江戸の町を北へゆく周作は、頸から刀の下緒《さげお》をぶらさげ、それでもって右腕を吊りながら歩いている。

（われながらみじめな姿だ）

本間仙五郎との試合はいわば秘密試合だったから、口外することはできない。喜多村屋敷の奉公人たちが、

「そのお腕、どうなされました」

ときいても、無言でいた。ついに主人の喜多村石見守までが見咎《みとが》めたので、

「小具足《こぐそく》の受け身を稽古しておりましたところ、この腕を」

とあやしげな理由をのべ、あとは口をつぐんでごまかした。

なにしろ人目をはばかりたい打撲傷《うちみ》だったので、喜多村家にいるあいだは医者にもみせず、手当も自分で夜おこない、それも我流で湿布などをした。そのためこじれたのであろう、二日目あたりから筋肉の炎症がますますひどくなり、一時は右腕が一升徳利のようにはれあがった。

いまも、歩《ほ》を運ぶたびに痛む、これでは道中もできぬと思い、少々薄みっともなかったが、下緒で吊りさげた。巻きつけてある布がかわいてくると、見知らぬ家に入って井戸水を無心し、ほどほどに濡らした。濡らすとすこしは痛みが去るようであった。

千住大橋へ出るために周作は上野を経ようとし、山下から右に折れ、車坂門を左にみつつ歩いた。明静院、修善院、一乗院、吉祥院、と寛永寺塔頭《たっちゅう》の白い練塀がつづ

き、塀ぎわを浅い堀水がながれている。流れは早く、水は澄んでいる。

(水が、冷たそうだな)

周作はその冷たさに誘惑されて堀へおりて右袖をたくしあげた。

身をかがめ、右腕をざぶりとつけたとき、背後に人の気配《けはい》がし、流れに影が映った。周作は姿勢を傾かせ、首をそのほうにねじむけた。

信じられぬことがおこった。

そこに立っているのは、周作にこの苦痛をあたえた馬庭念流の本間仙五郎なのである。

周作ははげしい衝撃のなかで、無言をつづけた。

(なんという、おれは馬鹿だ)

馬庭念流の江戸における道場の一つがこのさきの車坂町にあるということをすっかりわすれていた。このあたりを通れば、あるいは本間仙五郎に出くわすこともありうる、ということをなぜ気付かなかった。なぜこんな危険な町を通ったのか。……

臍《ほぞ》を嚙む思いである。

本間仙五郎は、相変らず裕福な町家の大旦那、という姿で、背後に車坂町の門人らしい武士数人を従えていた。

周作への思いやりであろう。その門人たちに、「さきに行くように」といったふうの目くばせをしてから、周作にいんぎんな笑顔をむけた。あの秘密試合のときの傲岸《ごうがん》さとは別人のようであった。

「先日は、失礼つかまつりました」

と、本間仙五郎はいった。

「腕は、痛みますかな」

とは言わない。言わずに眼尻の笑い皺《じわ》を深めて周作の肩から腕のあたりをながめているあたり、いかにも田舎の兵法者らしい、底知れぬ残忍さを感じさせた。

(こいつを、いつかは叩きつけてやる)

周作は、嗚咽《おえつ》をもらしたい気持を懸命にこらえた。

(こいつだけではない。いずれは上州馬庭に乗りこんで馬庭念流の宗家をなぎ倒し、念流が二度と世間に立てぬまでの屈辱を味わわせてやる)

周作は、自分を落ちつかせるために深々と息を吸いこみ、やがて、

「こちらこそ。——」

とだけ言ってあいさつを返した。

「一度、上州のほうにも遊びに来てくだされば仕合せでござりまする」

「そうしたいと思っています」

「いつ来てくださる」

「三年は待って頂かねばならぬ。当世風のシナイ剣術で身につけた兵法《ひょうほう》がどのようなものか、馬庭念流の宗家、御門人のことごとくに見ていただきましょう」

「これはたのもしい」

本間仙五郎はいよいよ微笑を深くした。

「樋口家（宗家）にもそう申し伝えておきましょう。三年さきに千葉周作なる当世剣術の達人が御光来になると」

本間仙五郎は一礼し、ゆっくりとあるきだした。白い足袋が動いてゆく。

周作は堀からとびあがり、くるりと本間仙五郎のほうに背をむけ、われながらおどろくほど速《はや》い足どりで歩きはじめた。

二

松戸の家に帰ると、

「婿殿、帰ったか、案じたぞ」

と、幸右衛門は抱きかかえんばかりにして迎え入れた。

「どうした、その腕」

「はい、小具足の稽古にて」

「あっははは、やったか。小具足ならおれにきけ。これでも気仙沼にいるときは門人まで取り立てていた腕だ。——どれ、見せろ」

「いや、もうよろしいのです」

「おれの治療の腕を信用せんのか」

「左様なことはございませぬ」

といったが、馬の打撲傷のようにあつかわれてはかなわぬ、と思った。

「まあよいから見せろ。あすは婿入りというのに婿殿が腕を吊っていてはどうなる。かわいい嫁を抱きもできんぞ」

「抱きませせぬ」

「やめのおれに義理だてをしてか。要らざる義理だ」

幸右衛門はそういってから、急に極秘のことでも打ちあけるような顔つきで、

「明夜、そなたの床入り時分を見はからってわしもそこの上州屋へ走り、飯盛りでも抱こうかと思っている」

（この父にはかなわぬな）

と周作は思った。

幸右衛門は幸右衛門で、あすは婿入りだというのにすぐれぬ顔色をしている周作のことがひどく気になるらしい。

「なぜ浮かぬ顔をしている」

「いいえ」

「惚れた女でもあるのか」

「左様なものがあるはずがございませぬ」

「さればもっと、婿らしく華やかに浮かれ立ってみせろ。おれなんぞは、そなたの母親をはじめて抱く前などは、どうにもこうにも体の始末がつきかねたものだ。いざ抱いて夢中になって小半刻《こはんとき》すぎてからふと気づくとそなたの母は泣いておったな。あのときそなたの上の兄を仕込んだのかもしれぬ。それはそうと、江戸では女を買ってみたか」

「いいえ」

「そなたはまだ女のよさがわからぬとみえるな。お美耶はあれはいい女だとおれはみている。肌に濡《しめ》りがあって抱けばひたひたと吸いついてくるような肌だとおれは踏んだ」

「父上」

周作はたまりかねていった。

「いかに父上でも左様なことを息子の前でおっしゃってよいでしょうか」

「わるかったかな」

幸右衛門は、さすがばつが悪そうに長い顔をつるつると撫でた。

「元気づけてやろうと思ったのだ。なあにお美耶はあれは権高《けんだか》で癇持《かんも》ちのろくでもねえ女だ」

「は？」

「そんな女でも一ヵ所ぐらいはいい所があるんだぜ、とおれは言っている。一ヵ所もありゃ女なんてそれで十分だ」

どうやら幸右衛門は、お美耶に対し、悪意をもっているらしい。いや悪意といえば、こんどの縁組そのものに、やはり釈然としないものがあるのであろう。さんざんしゃべってから急に口をつぐみ、

「あすから浅利周作か」

といってそれっきり無口になってしまった。

このあたりの水呑百姓や宿場の職人ふぜいの場合は、わざわざ婚礼などはしないことが多い。どこそこの何某の家にちかごろ女がいる、というので出かけてみると、「いやさ、あれは一時《いつとき》手伝いにきて貰っている」という。そのうち日が経って児をうんだ、というようないきさつの夫婦《めおと》が多い。

が、浅利家はそうはいかない。この日、門前に一対の高張《たかはり》提灯があがり、婿取りの式がおこなわれることを近隣に明示した。

午後三時すぎ、周作は家から塗駕籠に乗り、浅利家の門に入り、そのまま玄関にかつぎこまれて、駕籠のそとに出た。

次の間に通され、待つうちに介添《かいぞえ》の者がきて奥座敷に案内した。

お美耶は待女郎とならんで床の間の前、庭を背にしてすわっている。綿帽子をかぶってうなだれているために顔はみえない。周作はそれとむかいあってすわらされた。

盃の儀がはじまった。

それがおわるとお美耶・周作はいったん座敷をひきとり、そのあと入れかわりに浅利又七郎や幸右衛門らが座敷に入って着座し、親類固めの盃がおこなわれた。

それがおわって酒宴になり、周作は介添に命ぜられるままに親類一同の末座にすわった。

「お酒をおつぎ申されますように」

と、介添の女がいった。周作は酒器をもちあげ、一人一人に酌をしてまわった。

右腕が、きかない。

「周作、その手はどうした」

と、浅利又七郎が首をかしげた。

「籠手《こて》を撃たれたな」

さすが、浅利の目はごまかせない。

「いや、ひじが、伸びぬのか」

「いえ、たいしたことはございませぬ」

周作は不自由そうな手つきで浅利の盃に酒をそそぎながら、本間仙五郎の顔をありありと思いうかべた。

「周作、妙な顔をしている」

浅利が思わず叫ぶようにいったほど、周作の表情に無念の色が濃い。

床入りになった。

奥座敷ではなお酒宴がつづいており、幸右衛門の濁《だ》み声などがこの寝所まできこえてくるので、周作の気持がおちつかない。

(早く上州屋へ行ってくれぬか)

ふと周作はそんなことを思った。

燭台のそばに、お美耶がすわっている。

「なんとか、申されませ」

と、お美耶はいった。本来ならばお美耶から三ツ指をつき、幾久しくよろしく願いあげる旨を挨拶するのだが、この場合はお美耶からいえば婿取りであり、その婿も、養父《ちち》の門人ということで周作のほうから拝礼すべきだと情強《じょうこわ》くも判断したのであろう。

「どう申すのでござる」

「介添の者が申しませなんだか。ふつつかな者でござりますが幾久しくお導きくだされますように、とこうでございましょう」

(妙だな、その口上は普通、女のほうから言うのではないか)

そう判断して、周作は、だまっている。この場におよんでもこの女はなんと可愛気のないことであろう。

(おれの半生は、おれ以外の者の手で作られてきた。おれは作られるにまかせてき

た。そのあげくの果てが、お美耶のような女と、こんなところですわっている)

周作がいわないためにお美耶は焦《じ》れたのか自分のほうからさっさとその口上をいった。

「手前もよろしく」

と、周作はかるく頭をさげた。

周作は、床に入った。お美耶は燭台の灯を息で消し、着更をするために屏風のかげにかくれた。衣ずれの音が、しきりと聞えた。その音をきくうち周作はさすがに心気がみだれてきて、

(早う来ぬか)

と焦《こ》がれるように思いはじめた。もはや先刻までの周作と別な者が、床のなかで荒々しく息づいている。

お美耶は気のつよい女のくせに、さすがいざとなれば竦《すく》んでしまったのか、床へは入って来ず、寝所のすみにべたりとすわりこんだ。

「周作殿、手荒いまねはしませぬな」

と、これがお美耶かとおもわれるほどのかぼそい声でいう。その声をきいて周作は度《ど》をうしなった。突如微妙な変化が胸のうちにおこった。

変化はしだいに胸のうちにひろがり、お美耶が年来の恋人であったかのように思われてきた。周作は眼をあげて闇なかのお美耶の影を見た。

「手荒くはせぬ」

と、自分の声とも思えぬほどにまろやかな声音で周作はいった。男女の情ほどたあいもないものはないであろう。

お美耶は上ぶとんをもちあげ、身をさし入れてきた。

体を固くすぼめている。やがてそれがゆるみはじめ、お美耶は周作のなすがままに体をゆだねた。

やがて、その事がおわった。

「あの、このようなことを、周作殿はいつか仕やったのか」

「ああ、一度だが」

と、周作は、故郷の雪江とのことを隠した。

「たれと？」

「名は忘れた。上州屋の女であったな」

お美耶が、沈黙している。

「どうした」

「左様なこと、爾今《いまより》二度としませぬな」

と、いつものこの女らしい引き吊った声でいった。せぬだろう、と周作はいった。

あれは父上に誘われてのやむを得ざることであった、と言うと、

「幸右衛門殿が？」

お美耶はびっくりしたような声をあげた。そんな父子がわからないらしい。

「美耶」

「なんです」

「お父様と呼んでもらいたい。わしのことも周作殿とよばず、旦那様とよぶほうが穏当ではなかろうか」

「あ、そうか」

お美耶は、声をたてて笑いだした。婚礼をすませたあとまでいままでの習慣をもちつづけていた自分がおかしかったのだろう。

(意外に、可愛い。……)

が、あとがよくなかった。

「周作殿には旦那様とよびますけど、幸右衛門殿をお父様とはよびにくい」

と、いうのである。

なるほど、奥座敷のほうから幸右衛門がうたうらしい、唄がきこえてくる。存外いい声なのだが、唄の文句が、新床《にいどこ》の花嫁にきかせられるようなものではない。お美耶はおそらく幸右衛門を軽蔑しているのだろう。

「呼びにくいのか」

「あんな人」

周作は、むっとした。お美耶にもその感情がつたわって、いきなり、

といった。周作は騎虎の勢いだった。

「ではかまわぬ」

といった。

「それならばわしにも旦那様とよばずに周作殿と呼ぶがいい。わしも、もとどおりお美耶さんと呼ぼう」

ぴいっと裂くようなすばやさで、お美耶は周作から体を避けた。

妙な男女だった。新床の夜からこうも情《じよう》があわぬというのはどういうことであろう。

このとき、いままで忘れていた周作の右腕がはげしく疼《うず》きはじめた。

(骨が腐るのではないか)

と思われるような、いやな疼きである。

(この恨みははらさねばならぬ)

右腕の痛みは、周作に剣への想いを、思い出させた。いま、こんな陋劣《ろうれつ》な争《いさか》いで性根をすりへらしていておれはいいのか、という自分へののしりが、周作を孤独にした。

お美耶が、爪で畳を掻くような声を出して、泣きはじめている。

(泣きたいのは、おれのほうだ)

叫びたくなるのを、周作はかろうじてこらえた。

そのくせ、夜半、周作のなかに情念がよみがえって、もう一度お美耶を抱いた。そのときも心からこの女を愛している、と思った。

(女とは、ふしぎなものだ)

男こそ不可思議なものだということを、周作はまだ気づいていない。

桑と梅

一

三日後、里帰りといったかたちで周作が実父の幸右衛門の借家に帰ってくると、

「どうだえ」

と庭いじりをしながら幸右衛門はきいた。

「と申しますと？」

「女の味がさ」

幸右衛門は、便秘の馬の治療を得意としている。いや、幸右衛門のやり方は治療というほどのものではない。馬の尻をハタハタと叩きながら油断をさせておき、いきなり肛門《こうもん》から腕をつっこんで糞便をつかみだすという法である。この質問の情趣なさも、いささかその手口に似ている。

「お美耶のことでございますか」

「あいつのほかに女がいるのかね」

周作が逃げだそうとすると、幸右衛門は桶いっぱい水を持って来い、と命じた。

周作は命ぜられるまま、汲んできた。

「この株へ、ざぶりと掛けろ」

「接木《つぎき》をなさっているのですか」

「そうさ」

幸右衛門がいじっているのは、たまたま庭の一隅にあった桑の老樹である。それを切り株にし、たてに割ってその割れ目に若い枝をさしこんでいる。

「なにを、接穂《つぎほ》はなんですか」

「梅だよ」

周作は沈黙した。桑のような下木《げぼく》に、梅のような貴木を接木するとはどういうことであろう。だいたい接木というのは梨には梨、桃には桃、といったぐあいに同種類のものに対しては可能なものだが、桑の母樹に梅の枝を挿して果して梅が出来るものか。

「桑に梅、というのは聞いたことがありませぬな」

「おれもきいたことがない。うまくゆけば松戸はおろか、江戸からも見物衆がやって来るだろう。なんだおまえ、茫《ぼう》っと」

「おどろいているのです」

絶対できない。そうとわかっていてこんな天地の理法に反した遊びをやっている幸右衛門という父は、一体どういう人物であろう。松戸で平凡な馬医者暮らしを楽しんでいるかのように見えるこの人物も、ときに平凡に堪えかねて、鬱屈した感情を、こんな風狂な作業でまぎらわせているのではないか。

(若い日は野心の多かったひとだ。それがことごとく失敗し、いまは出来もせぬこんな接木に、もてもせぬ希望を託している)

幸右衛門は、桑の切り株をだきかかえるようにしてこの作業に熱中していた。

「父上のなされていることは天地の理法にはずれております。梅が欲しいのでありましたら、梅の根つきを植えればよろしゅうございますのに」

「おまえは宮本武蔵以来の剣の覇王《はおう》になりたいと申したな」

「はい」

「されば、左様な尋常なことを言うな。もともと志を樹て志を展《の》べるということは、桑に梅を接木をするようなものだ。尋常でない構想と、天地の摂理をもはらいのけねばならぬ勇猛心が要る。――周作」

「はい」

「おまえはどう見ても尋常人《ただびと》だな」

天才的傾斜をもっていない、という意味であろう。天才的傾斜といえば、周作より腕のはるかに劣る父の幸右衛門のほうが、それを多分に持っていた。

「おまえは座敷から出てきて縁にすわり、桑に梅を接木しているわしを見た。そのときそれほどの大志を持っている身ならば、目を洗われたがごときさわやかな詩心をおこすべきであった。志《し》は詩である。わしの接木は、俗眼をもってしてはわからず、詩心をもってせねば理解できぬぞ」

「はあ」

「お美耶のぐあいはどうであった」

話は、急転直下した。

「おれのにらんだところでは、あのおんなのぐあいはいいはずだ。おれは浮世の義理さえなければ、おまえを押しのけておれが抱きたかったぐらいだ」

周作は答えに窮した。

「しかし、かといって女は女さ。寝間《ねま》で抱いておれば天然自然《てんねんじねん》と子どもがうまれてくる。たかが、それだけのことさ。あほうでもたれでもこどもぐらいは、自然《じねん》じねんに生むのさ」

「妻を娶《めと》り子をうむことは愚者の道ですか」

「聖賢の道でもある」

周作には、言われていることがわからない。

「それだけのことさ。女を抱き、子を生むことは、愚者にも出来、聖賢にもできる。たれでもできることだ。もったいぶってうれしそうな顔をする道ではない」

「うれしそうな顔をしておりませぬ」

「天地の理法といったではないか。人間の男が人間の女と抱きあったからといって、つまり天地の理法をやっておるからといって、うれしがることはないのだ」

「しかし」

左様なつもりで天地の理法という言葉を使ったのではありませぬ、と周作はいおうとした。幸右衛門の接木が理法に反している、という意味ではないか。だいたい、ながいあいだやもめ暮らしをしている幸右衛門は、息子の生活に性的要素が豊富になったことに屈折した妬心《としん》をもっているようであった。

「おれの言おうとするところはな」

幸右衛門は、べつに妬心をもっているとは思えぬほどの悠々とした手つきでその小さな作業に打ちこんでいる。

「今日かぎり、お美耶など、心の中で叩きつけてしまえ、と言うことさ。芸を磨こうとする者はつねに天を駈けている。女房というものはつねに地上の泥の中にいる。地上の泥とは、天地の理法という『世の常の道』だ。その泥の中にいて天を駈ける者の足を泥手でひっぱろうとするのが、つねに芸の道をゆく者の女房というものだ。そういうときは、いつでもその泥の手を足蹴《あしげ》にして天を駈けつづけねばならぬ」

「お美耶を足蹴にするのですか」

「お美耶とは名指しておらん。世の尋常の道、といっている。おまえは芸、という異常道を往く者であることを忘れるな。たとえばこの接木のごとき」

と、幸右衛門は指さした。

「道さ、異常の道とは――。桑に梅の枝を接《つ》いでもつかぬかもしれぬ。しかし懸命に工夫し命がけで丹精《たんせい》すれば万に一つ、つくかもしれぬ。芸の道とはそういう異常道である、とわしは言っている」

「その御訓戒のために、わざわざ桑の古株を割って梅をさしこんでおられたのですか」

「さにあらず」

幸右衛門は無邪気な笑顔をみせた。

「となりの床政《とこまさ》と口争いしたのよ。あの髪結いは旦那つきやしませんよ、と天地の理法をたてにとって大きな顔をしやがる。おれはつく、つかなきゃ坊主になってやらあ、といった。おまえまで床政の味方をするから腹が立ったのよ」

そうでしたか、と周作は笑いだした。

「では、桑に梅を接木する、という御教訓をわすれずにやってゆきます」

「従順だな、おまえは」

「え？」

「おれの言うことなんどを素直にきくやつがあるか。その素直すぎるのが、いかん。無内容な証拠だ」

「いや、口ですよ。心では父上なんぞ」

「馬鹿にしているか」

わっと幸右衛門は歯をむいて笑いだしたが、笑っているうちに腹が立ってきたらしく、いきなり桑の切り株をとびこえて周作に襲いかかろうとした。手に、鉈《なた》をもっている。

周作は座敷へ逃げこんだ。

「にがさぬぞ」

と幸右衛門は泥足で縁へとびあがり、どかどかと座敷を駈けだした。周作は、するりと表へ出た。屋内《なか》で、家鳴《やな》りがするほどの哄笑《こうしよう》がひびきわたって、それっきり追ってこなかった。

周作は、お美耶のもとに帰った。

二

その翌朝、暗がりに周作はとび起きた。横に、お美耶が寝ている。

「もうお起きになるのでございますか」

言葉づかいが、新妻らしくなっている。

「江戸へ帰る」

「あ、それではわたくしも支度せねば。世帯道具などは芳平に持たせてひと足さきに江戸へ発《た》たせましょう」

「お美耶、話がある」

周作は、両眼を吊りあげてすわった。この男にはこの男なりに、お美耶とこの折衝《せっしょう》をするについて、寒中に河へ飛びこむほどの決意をかためていた。

「江戸へは、わしひとりでゆく」

「えっ、私を連れてゆかずに？　喜多村様の御長屋で私と住むのではありませぬのか」

「そうだ。江戸の喜多村屋敷にはわしは一人で住む。そもじは、この松戸の家で暮らしてくれ。——わしは」

と、周作はつづけた。

「江都《こうと》へは修行に出ている。そもじと暮らすために在府しているのではない」

言いかたが、まずかった。周作にすれば喜多村家への奉公は武芸修行のためなのだ(同家の無理解のためにかんじんの中西道場での通《かよ》い修行が思うにまかせぬ現状にはあるが)。それがお美耶をつれてお長屋で世帯をもてば、たかが年俸三両一人扶持《ぶち》の中小姓の収入では生活とたたかうだけが精いっぱいで兵法《ひょうほう》修行などは空念仏《からねんぶつ》になってしまうであろう。このように、周作は事を分け、言葉を十分にしてお美耶に話すべきであった。しかし周作のもっている弁舌、というよりこの男の言葉は、つねにこういうことについては表現力がない。

「なんですって？」

お美耶は、眼の下がひきつった。周作は狼狽《ろうばい》した。

「わしはいま苦しみの底にある」

新婚の花婿のいうべき言葉ではない。

「江戸の喜多村家に御奉公していても、かんじんの兵法が学べぬ状態だ。それを思うと、居ても立ってもいられれぬあせりを感ずる。そこへそもじとお長屋世帯をもつ。わしは貧のためについに剣を腐らせてしまうだろう」

「いやなこった」

お美耶は、裂くようにいった。ことばまで土くさい下総女《しもうさおんな》になっていた。

「あたしが邪魔ものなンかい。それならなぜあたしの婿なんぞになったんだえ？　夫婦《めおと》になるというのは、一緒に住んで一緒にごはんを食べ、一緒に寝るということじゃないか」

「女にとってはそうだ」

周作は、幸右衛門の口調になっていた。女にとっては男と一緒に暮らすということが青春の野望であり、その達成で野望は完結するのであろうが、男にとってはそうではない。それからが出発なのである。周作はその意味のことをいった。

「なにを言ってやがる」

お美耶の呼吸が、けわしくなった。

「人非人《にんぴにん》」

「なぜだ、聞えぬことをいう」

「じゃないか。さんざん抱《だ》」

とまでいって、お美耶はさすがにはしたないと思ったのか、言葉を呑みこんだ。

「なにをしておいてさ。ゆうべもそうだ。そんな気配《けぶり》もみせずにあたしを抱いておいて、あとはぐっすり寝て、あけがたになって別れようというのは、どういう料簡《りょうけん》よ。お養父様《とうさま》にそう言いつけて破門してもらってやる」

「別れようとは言っていない。諸藩の勤番侍《きんばんざむらい》なども妻子を国もとに置いて一年有半江戸ぐらしをするのだ」

「お前さんはなにも勤番者じゃないじゃないか」

「これはものの例えだ」

周作は、ほとんど絶望的になりかけていた。

「卑怯者っ」

と、お美耶は狂ったように周作にとびかかり、その胸に爪を立てた。のどはするどい泣き声をあげているのだが、両眼はおそろしいばかりに乾いている。周作はなされるがままに黙然《もくねん》とすわっていた。

「な、なんとか言わないかっ」

とお美耶が叫ぶたびに、周作の胸の皮膚がやぶれ、血の色をした条《すじ》が縦横に走った。

「いま申したとおりだ。おれをその望みどおりの兵法者にしてくれ」

「だからあたしの婿にしてやったんじゃないか。浅利又七郎養子同苗《どうびょう》周作、ということになったんだ。その浅利家の恩も知らないで」

「お美耶、鎮《しず》まってくれ」

周作は、ひくい声で頼んだ。金があればいい。金があれば旗本の奉公人にならずとも、江戸に世帯をもって堂々と中西道場にかよえるのだ。それができない現状ではないか。現状にあわせて暮らしの形態をたてる以外に道はない、と言うと、

「金がない?」

それが、お美耶を刺激した。養子にきて養家の苦情をいうのか、というのである。

「いや、そういう意味ではない」

「でも、そう言ったじゃないか」

いつのまにか、お美耶は周作のひざに背を凭《もた》せて、周作を見あげる姿勢になっていた。長襦袢が、胸もとからひざにかけてひどくみだれている。

(抱くよりほかない)

と、周作が思ったのは、事がおわってからだった。そんなことよりもさきに周作は情念を悩乱させてしまい、気づいたときにはお美耶をころがし、そのからだを押しつぶすような勢いで責めつづけていた。

(ぶざまな)

と自分を思ったが、目の下にいるお美耶をあわれともおもった。お美耶は激昂したあとだけにかえって体がつねになく高鳴るのかおそろしいほどに体を撓《しな》わせ、たわめ、ときに声をあげた。ついに周作は、

「お美耶、しずかに」

とその唇に掌をあててみるのだが、そのつどお美耶ははげしくかぶりをふって周作の掌をのがれ、うつつごころのない声をあげつづけた。

その物音は、当然、浅利又七郎の居間まできこえつづけている。

又七郎は、朝の茶を喫していた。

(くだらぬ男だ)

と、失望の色が濃い。いかに婚礼後ほどがないといっても、武士には武士らしいたしなみがあってしかるべきであろう。

やがて、しきいのむこうに周作が入ってきて、朝の機嫌うかがいと江戸出立のあいさつを述べた。

「周作、手をあらったか」

「は？」

と、周作はその言葉を解《げ》しかねた。が、なお言葉をつづけ、江戸へはお美耶を伴っては参りませぬ、というと、

「なぜだ」

と、浅利は不快そうにいった。それほどの大事を、養父《ちち》であり師である自分に謀《はか》りもせずに、出立するいまになって事後承諾をもとめるとはなにごとであろう。

「お美耶は承知したのか」

「いいえ。聞きわけてはくれませぬ。なにとぞ養父《ちち》上よりよしなにお言い聞かせ願わしゅう存じまする」

「おれはお美耶と同腹だ。承知できぬ。喜多村家に連れてゆくがよい」

「しかし」

世帯持ちの中小姓《さんぴん》になにができるか、といいたかったが、ただ拒否の顔色だけをうかべうなだれていた。

「連れてゆけ。わが嫁をも養えぬ男に、兵法修行はできぬぞ」

「そちは立派に女房をもった」

とも養父はいった。

「お美耶はそちの俸給で養え。さもなければ年に三両、お美耶の食い扶持として送るようにせよ」

浅利又七郎は、吝嗇家《りんしょくか》としての評判がある。吝嗇などは人の性癖で、それによって浅利の兵法の価値をいささかでも低めるものではないが、養子の身の周作にとってはこれほどの迷惑はない。

「どうする」

「年に三両もの金子《きんす》を松戸《ここ》へ送らねばならぬとなりますると、中西道場には通えませぬ」

「では連れてゆけ。女房とは、朝夕抱くだけのしろものではないぞ」

声に針がある。周作は、先刻の物音をこの養父にきかれたと直感し、そう思うと、もうこれ以上抗弁する言葉をうしなった。

うなだれて、退室した。

その直後、周作は逃げるようにして浅利家を脱《ぬ》けて出、江戸川堤にのぼり、江戸へむかって足を早めていた。

(太平の世の兵法修行とはこんなものか)

伊藤一刀斎、宮本武蔵といった戦国の流祖たちの闊達な行跡とくらべて、なんというじましさであろう。

周作は、できることなら幼児のように泣きじゃくりながら歩きたかった。

中西道場

一

帰路、周作は、剣客として望んでも得がたい事件に出くわした。

本郷まできたとき、

（このあたりに近藤登《のぼりのすけ》助殿の屋敷があるということだな）

と思い、ふとその屋敷のせめて門前でも通りすぎたいとおもった。近藤登助とは、例の馬庭念流本間仙五郎の保護者になっている大旗本である。ただそれだけの興味で、

（どんな屋敷だか、見ておこう）

とおもったにすぎない。

水戸屋敷のあたりで道をきくと、

「加賀様の南隣でございますよ」

ということだった。加賀様というのは、眼の前の天を画《かく》するくろぐろとした森でそれとわかる。江戸有数の巨大な大名屋敷である。

すでに日が暮れていた。

周作は、提灯《ちょうちん》ももたずに歩いた。夜目に馴れるためであった。

それに足音も立てない。足音を消し、気息《きそく》をととのえつつ歩くと、往還《おうかん》ですれちがう人々も、周作に気づかない者が多かった。

加賀屋敷のながい塀ぞいをひたひたと歩き、やがて近藤登助屋敷とおぼしい大きな

いる。

門の前に出た。

(ここか)

門と塀を見あげた。夜目にも黐木《もちのき》とわかる枝ぶりが、黒々と天に影をはりつかせている。

人通りはない。

周作は、黐木の樹皮をはいで鳥黐《とりもち》をつくった少年のころを思いだしつつ佇《たたず》んでいると、ふと背後で気配《けはい》がした。

背後は、加賀屋敷の塀である。ふりかえると、塀の上に影がうごめいている。

周作は、機敏なかんをもっていた。

(夜盗)

と、とっさに思った。宵の口に大名屋敷に忍び入るとは、よほどの手練《てだ》れであろう。宵の口のほうが、屋敷内《うち》はなお人でざわめき、それがためにかえって警戒心がうすれているものだ。その上、遁走《とんそう》するばあいに町木戸がまだあいているほうが都合がいい。

(馴れたやつだ)

と、周作は思った。しかも大名屋敷を稼ぎ場にするくらいだから、その道でもしかるべき名のある盗賊なのであろう。

賊は、ひょいと路上に飛びおりると、

「又十、苦労」

と周作にいった。周作を一味の見張りとまちがえたらしい。影はつぎつぎと塀の上に盛りあがり、つぎつぎと飛びおりた。

三人である。物腰からみて、どうやら浪人らしい。それぞれ、かさばらぬものをかかえているところからみると、刀剣か書画か、そういうものを盗み出したのであろう。

大名屋敷は盗賊の稼ぎ場としては危険こそともなうが、盗んで脱出した以上、あとの捜査はまず無い。世間体《せけんてい》をはばかって、公《おおやけ》にしないからである。

「おぬしらは麟祥院のほうに逃げろ。おれは又十と一緒に湯島四丁目へ出る」

とひとりが他の二人に言ったとき、周作はちょっと動いて、

「わしは又十ではない」

と、小声でいった。

げっ、と三人が一せいに足をにじらせ、逃げ腰になったとき、「動くな、大声を立てるぞ」と周作はいった。

「逃げたければ、わしを斬ってからにしろ」

斬りかかるなら大声は立てぬ、と周作はいった。自分の剣がどれほどのものか、この若者はためしたいとおもった。

むろん、尋常に撃ちあえば剣の玄人《くろうと》の周作は勝つにきまっているであろう。周作はその尋常を望んでいない。三人同時に斃《たお》せる工夫はないか、そんな思案をめぐらしつつのっそりと佇んでいる。

「抜け」

周作は、低い声で、先《せん》をとった。三人は、釣られたように欛《つか》に手をかけ、二人が左へ左へと動いて周作を包囲した。

抜いた。

と同時に周作は身を沈め、右ツマサキを芯《しん》にしつつくるりと身を半回転させて左はしの男の胴を払い、はねあげた刀をキラリと天で返《かえ》し、そのままの刃筋で真ン中の男の左肩を右架裟《みぎげさ》に斬り、斬りおわるとはじめて半歩飛びのいた。

飛びのいたのは、撃ち漏らした右端の一人が、絶望的な勇をふるって撃ちこんできたからである。

周作は、自分へのひそかな賭けにやぶれた。

（三人、同時には斬れなかった）

となった以上、あとは単なる殺生《せっしょう》でしかない。剣先を下段《げだん》へ萎《な》えさせ、

「逃げろ」

と言い、追わぬ証拠を見せるために剣をおさめた。

男は身をおどらせ、湯島四丁目のほうへ走った。周作も、その場にはいない。かれもまるで盗賊の一味であるかのように、湯島四丁目とは逆の方角の麟祥院のほうへ駈けだした。地に、足音がない。ぶきみなほどである。

現場には、二つの死体が残された。おそらくあとで加賀家の家士が死体を発見し、それを邸内におさめ、死んだ盗賊の身もともそれを殺した下手人も詮議せずに事件を葬り去るであろう。

二

周作は、なに食わぬ顔で喜多村家へもどった。

翌朝、ある決意をもって起きた。

（中西道場へかよう許しを得ねばならぬ）

ゆるさぬ、というならどうするか。それを考える余裕もなく、主人石見守《いわみのかみ》のお目通りを乞い、すぐ許された。

周作はしきい越しに、拝礼し、

「御当家へあがりまするときに、師匠又七郎よりお話があったと存じまするが」

と、その一件を話すと、石見守はひどく不快な顔をして、

「はじめてきく」

といった。むろん、うそである。

「さればあらためて願いあげとう存じまする」

「無用だ」

浅利周作ほどの腕があってなお道場がよいをせねばならぬとはどういうことだ、とこのうまれつきの貴族は、そんなのんきなことをいった。

もっとも、性根はのんきなわけではない。吝嗇《りんしょく》なのである。

「主家に迷惑、ということを考えたことがあるか。二日に一度、道場にかよわねばならぬことになれば、自然奉公はおろそかになる。当家としてもいまひとり中小姓を召しかかえねばならぬ。当節、無用の費《つい》えだ」

「しかし」

それが約束ではなかったか。と膝をにじらせようと思ったが、周作は無駄だと思った。

（浪人しよう）

世の地獄といっていい。扶持《ふち》がなくなる。食っては行けぬ。しかし世には、盗賊になる男もいるのだ。法網をくぐり、日夜世間の耳目《じもく》におびえ、ついには刑場で、屍《しかばね》をさらさねばならぬ。それでも盗賊になるやつはあとを断たない。

（食うためなら、どんなこともできるのだ）

奇妙な安堵感が、というより人の世に対する糞度胸が、昨夜、賊を斬って以来、周作の胆《はら》の底に湧きはじめている。

（盗賊になる気はないが、いよいよ食えなくなれば腹を掻き切って死ぬという手がある）

「されば、お暇《いとま》を頂戴仕《つかまつ》りとう存じまする」

「暇？」

意外だったらしい。

「路頭に迷うぞ」

「餓死を怖れていては、男子、なにごともできますまい」

石見守がもし犀利《さいり》な観察眼をもつ男なら、周作の表情が、いままでとは一変していることに気づいたにちがいない。

翌日、周作は、喜多村家を出た。養父であり師匠である浅利又七郎にはなんの相談もせず、ただ簡単に手紙を送っておいただけだった。

(もう、何人《なんぴと》にも服従せず、なんぴとをも怖れはせぬ)

浅利又七郎何者ぞ、という胆が、浅利周作にはある。


その足で、中西道場に行った。

入門するわけではない。

周作の道場における資格は、「中西道場の高弟浅利又七郎よりのあずかり弟子」ということになる。

「周作か、聞いていた」

と忠兵衛はいった。この剣客は異様に鼻が大きい。その鼻のむこうに、周作が平伏している。やがて顔をあげたとき、

(これは尋常の男ではない)

と、忠兵衛に思わしめた。周作の相貌《そうぼう》にかがやくものがあるのを、この天下第一の

剣客は見てとったのである。

海のように豊かで、しかも犯しがたいなにかがある。一種、光を感じさせる相《そう》とは、将来、無限にひらけてゆく運のよさをあらわすものであろう。この相を名づけるならば王者の相としか言いようがない。

（王になる相《そう》だ）

（おそらく当流で満足すまい。一流をひらくためにうまれてきた男だ）

「喜多村家から暇をとったのか」

忠兵衛は、やさしくたずねた。

「食うにこまるだろう。当分、おれの家の残りめしでも食い、道場のすみにでも寝ろ」

そのあと、師範代たちや、おもだった門人に引きあわせてくれた。

浅利道場などとちがい、引きあわせられた高弟たちは、どの一人をとっても、

（ああ、この人か）

と周作が名を知っているほどの連中である。その綺羅星《きらほし》のごとき剣の名士たちに紹介されたとき、周作ははじめて、

（江戸へ来た）

という実感とよろこびをもった。

師範代のなかに、金沢源蔵という江戸でも名の知れた剣客がいる。信州松代《まつしろ》藩の江戸詰指南役で、きょうたままあそびにきていたのだが、

「ほう、浅利さんの養子か」

と、その程度の興味をもち、ごく気軽に、どうだ、ひと汗掻こうか、と周作のそばに歩み寄ってきて、竹刀《しない》を一本、手渡した。

それが、金沢源蔵の不幸だった。

「お教えねがいます」

と、周作はその場で羽織をすて、着物をぬぎ、防具をつけて立ちあがった。

道場を圧するような巨軀《きょく》である。

いままでの周作なら、これだけの巨軀をもちながら大男にありがちな小心さが、かれの動作を奇妙なほど遠慮がちなものにしていた。

が、周作は変ったようである。

(いつまでもおれは奥州の田舎者ではない)

そんな性根が、五体のすみずみにまで漲《みなぎ》りはじめている。江戸を呑むようになった、といえるだろう。奥州人特有の遠慮ぶかさ、無用の田舎者意識が、周作の内部か

ら溶けるように消えたのかもしれない。

——理由は？

と問われれば、周作自身も答えられなかったであろう。とにかく、お美耶《みや》との結婚、入婿《いりむこ》、加賀屋敷の盗賊退治、喜多村家からの致仕、これらが周作を変えたのか、それともすでに変わっていたからこそ、たとえば喜多村家を養父には相談することなしにとびだす、といった大胆なことをしでかしたのか、いずれともわからない。とにかくこの奥州人は、いままでかれを縛っていたさまざまな羈絆《きずな》を脱しはじめたようである。

「一道を究《きわ》めようとすれば、権威にいつまでも服従しているものではない」

と、故郷の孤雲居士《こじ》はいった。権威とは、周作のばあい、父、師、主人、というものであろう。周作は、蟬が殻《から》をぬぐようにそれらの古衣《ふるごろも》をそろりと脱ぎすてようとしている。むろん、そういう自分を意識した上でのことではなかったが。

周作はゆっくりと道場中央にすすみ出、一礼して竹刀をあわせた。

周作は、足を進めた。

(ほう、あの男)

と、中西忠兵衛は舌を巻いた。周作は、らくらくと足を進めてゆくのである。前面に金沢源蔵がいるのを、羽虫ほどにも思っていないのではあるまいか。

(野放図な)

中西忠兵衛は、底の知れぬ胆の大きさを周作に感じた。

驚くべきことに、金沢源蔵ほどの剣客が、周作の剣先に圧せられてじりじりと退《ひ》いてゆくのである。

源蔵はたまりかねたのか、竹刀をすばやく動かして周作の竹刀を捲《ま》きおとそうとした。

からっ
と、両者の竹刀が鳴ったが、周作の位攻《くらいぜ》めの姿勢はゆるぎもしない。ゆっくりと、着実に腰を進めつつ源蔵を圧してゆく。周作は、源蔵の心におこる萎縮の時間を待っている。

源蔵は追いこまれつつも周作の寄せに懸命に堪えていたが、やがて堪えきれず、一瞬、心が萎《な》えた。

周作の竹刀が飛び、源蔵の面《めん》がたかだかと鳴った。

「それまで!」

と、中西忠兵衛が急に立ちあがって、この稽古試合を中止させた。一本でとどめさせたのは、金沢の盛名がこの敗北で傷つくことを怖れたのである。周作のように無名の書生ではなく、金沢は一藩の剣術をあずかる身であった。

「松野重兵衛」

と中西忠兵衛は、師範代のひとりをよび寄せた。松野は、どの藩の指南役でもなく、水戸藩の定府《じょうふ》の士にすぎない。

周作は立ちあい、松野の星眼《せいがん》に対して相《あい》星眼で対峙《たいじ》した。

松野は、固くなって仕掛けない。

周作は竹刀をもってかるく相手の竹刀をおさえ、そのまま右足をあげ、踏みこみ、電光のように竹刀を走らせて松野の咽喉輪《のどわ》を突いた。

このあと、周作は三人と立ちあい、ことごとく撃ちしりぞけた。

(出来る。……)

中西忠兵衛は、当惑した。この場合、たれかに周作を撃ちのめさせてこの稽古試合をおわるべきであったが、適当な者がいない。

あと、かぞえてみれば師範代という位職をもつ者のなかで、先代からの門人で高崎藩指南役寺田五郎右衛門と、おなじく岡山藩士白井亨《とおる》、京極家《きょうごくけ》家臣高柳又四郎の三人だけがかろうじて周作に勝つことができるであろう。しかしかれらはそれぞれ主家の屋敷に詰めており、道場には名札がかかっているだけで、めったに顔を出さない。

「周作、もうよい。さがって休め」

と、忠兵衛はやむなく打ち切った。

十日経った。

道場師範代で、若州酒井侯に指南役として仕えている浅利又七郎がやってきたのは、この日の昼すぎである。

「自儘《じまま》な男でござる」

と、浅利はつい愚痴を忠兵衛にこぼした。周作が、自分に相談することなく喜多村家を出た一件についてである。さらに周作が自分に同道してもらうことなく中西道場にやってきたことも、僭越の沙汰といえるであろう。

「あんな男とは思いませなんだが、これはあるいは食わせ者をつかんだことになるかもしれませぬ」

「しかし強い。このさき、どれほど伸びるか」

忠兵衛はそのことのみいった。

翌日、周作は浅利にともなわれて酒井家にゆき、又七郎養子として家老に挨拶させられた。これで名実ともに周作は浅利姓になったことになる。

一年経った。

音無し又四郎

一

中西道場に入ってからの周作の上達はめざましい、というようなものではない。

「周作は人間の子ではないな」

と、古参門人たちはささやいた。それらの古参門人たちは、この門に入って一年後のいまでは、周作の剣の下にことごとく制圧されてしまっている。

「自信を得る、ということはおもしろいものだ。顔つきまでかわるものか」

と、ひとは噂しあった。

恰幅《かっぷく》も堂々としてきた。

表情にも、奥州人特有の暗さがなくなり、一種透《す》きとおった沈鬱なものに変わった。それが他人《ひと》の目にはいかにも神秘的な天才、というふうにうつった。

ただしそれは他所目《よそめ》の上だけでのことだ。周作自身の心中にはなお、自分への自信といえるほどのものは育っていない。

(この門には、三哲《さんてつ》が居る)

と、そのことが周作の念頭をはなれたことがない。

三哲とは、寺田五郎右衛門、白井亨《とおる》それに高柳又四郎の三人のことだ。

それぞれ先代中西忠太から印可《いんか》を貰いすでに独立している連中で、当代の中西忠兵衛よりかれらの技倆《ぎりょう》は上であろうといわれていた。

三人ともめったにこの出身道場に姿をあらわさないが、出てきても、寺田、白井のふたりは竹刀剣術に反対、どころか悪意をもっている連中だから、後進たちに形《かた》を教えるだけで、打ち合おうとはしない。

だから、強さの見当がつかない。

(いずれ、寺田殿、白井殿を打ちやぶってみたい)

と周作はおもっているが、それよりもまず高柳又四郎だった。

これは、竹刀剣術のほうである。中西道場から流行しはじめたこの稽古法は、防具打合《うちあい》撓打《しないうち》などという専門語でよばれ、周作がずっとそれで修行してきたように、防具をつけ竹刀をもち、さかんに打ちあうことによって疑似実戦をし、ついに古剣客の到達した奥義《おうぎ》に至ろうとするものだ。余談だが、三哲の筆頭寺田五郎右衛門などは、

「剣は組太刀《くみだち》だ。防具打合などをいくらやっても神《しん》に入《い》れるものか」

と鼻でわらっていたが、周作はそうはおもわない。あたらしい時代にうまれてきた以上この新剣法によって奥義に踏み入れる最初の剣人になりたいと思っている。

その防具打合の派で、中西派一刀流第一の達人が高柳又四郎である。

この男が竹刀をとって粛々と道場の中央に進み出る姿を見ただけで身ぶるいがおこる、といわれている。

「高柳の音無し勝負」

という有名な言葉がある。江戸で剣客といわれるほどの者なら知らぬものはない。音無し、というのは、高柳の竹刀は鳴らぬという意味である。

「一度、高柳の竹刀を鳴らしてみたい」

と、他流から試合をのぞんで詰めかけてくるが、いまだに鳴ったことがない。相手の竹刀と触れぬ間《ま》に高柳は勝ちをとってしまう。

高柳は竹刀をとって立ちあがると、つねに相手の剣先との距離を二三寸置き、置きつづけながら、相手の出頭《でがしら》、起頭《おこりがしら》を機敏に察知し、先《せん》の先をとりつつ撃ち込む。相手の竹刀を寄せつけぬために、竹刀が鳴らない。

つまり、音無しである。万人に卓絶した腕がなければこういう芸はできないであろう。

高柳又四郎、京極家の家臣で、年は二十九歳。若くして剣名を得たせいか、後進に対する思いやりのすくない男であるようだ。

「高柳殿、お教えねがいます」

と門人が進み出て行くとかならず、

「ことわっておく。わしゃ、わざと打たしゃせんが、よいな」

と、但馬《たじま》なまりでいう。師匠や師範代というものは門人に稽古をつけてやるとき、何本かはかならず打たせてやる。打ち込まなければ後進としては上達がないからだ。それをやらぬ、と高柳又四郎はいうのである。

「わしゃ、他人の稽古のためにやるのではなく自分の稽古のためにやっとるでの」

それが理由だ。が、本音《ほんね》は、江戸で名の高い「高柳の音無し勝負」の記録を、たとえ稽古においてでも落したくなかったのであろう。

だから高柳は人気がない。

中西道場で人気がないだけでなく、自分の道場でも直門人《じきもんじん》がすくなく、だれもがこの剣客を敬遠した。

（いつか、高柳又四郎殿を破りたい）

というのが、周作の入門以来の念願だったといっていい。

そのためにこそこの若者は、入門以来、高柳を避け、その前に進み出て稽古をねがったことは一度もなかった。

ところがある日、

「この七日に、高柳又四郎が来るが」

と、師匠の中西忠兵衛がいった。いちど立ち合って見ぬか、とすすめたのである。

（まだ、とても）

と周作はおもったが、忠兵衛の言葉にさからうわけにはいかない。

「では、教授ねがうことに致します」

とひきさがった。

周作は、変わっている。たかが稽古をつけてもらうだけのことだし、それに高柳又四郎といえば江戸の剣壇でひびいた人物だから、周作が負けて当然だし、たれもふしぎにおもわない。が、この若者は、その稽古試合に、内心自分のすべてを賭けた。

名誉と希望をも、である。

(負ければ、竹刀を捨てる)

とまでひそかに覚悟した。滑稽なことかもしれないが、この若者のこういう性格が、かれを段一段と不世出の技倆の世界にのぼらせつつあるのかもしれない。

その日から周作は、高柳を破るためにほとんど夜もろくにねむらずに工夫をかさねた。

二

そのころ、下総《しもうさ》松戸の宿《しゅく》の幸右衛門の家に妙な老人が訪ねてきた。

禿げ残ったわずかばかりの髪を茶筅《ちゃせん》にたばね、道服のようなものを着、細身の大小を帯び、竹杖をついている。顔は若いころの松皮疱瘡《ぼうそう》で片眼がつぶれ、顔一面を黒々としたあばたが蔽い、松の肌に眼鼻があるのとかわらない。

佐藤孤雲である。

「あっ、孤雲先生かっ」

と、幸右衛門は、壁が落ちるほどの大声で表へとびだし、手をとって丁重になかへ請《しょう》じ入れた。

「ど、どうして、奥州の山から出て来なすった」

と、まるで化物が人里に降りてきたような言い方で幸右衛門がきいた。なにしろこの面相になって以来、伊達家に隠居届けを出し、栗原郡と玉造郡の境にある小田という山里にひきこもったきりで世を捨てた人物である。

「道中、難渋した」

「そ、それは、御難渋なされたでござりましょう、そのお顔で」

幸右衛門は、おもわず失言した。事実、この顔で人間世界をうろうろ歩けば、たいていの旅籠《はたご》なら怖れてことわるにちがいない。

「おれは、死ぬよ」

「い、いつでござりまする」

「年内だろう」

体のどこかに病《やまい》をもっているらしい。

「となると、にわかに慾念が出てな、江戸へゆく。もっとも用が済み次第、ひきかえしはするが」

慾念、江戸、というのが幸右衛門にはわからない。後年わかったことだが、佐藤孤雲がこのとき江戸へ行ったのは、伊達家の内々の紛争にかかわりのあることで、ある藩内の権勢家を、孤雲は斬るつもりだったらしい。

実際は、江戸藩邸に寝起きしつつ機をうかがっているうちに、孤雲自身が病死してこの大事はおこらずに済んだ。

「周作はどうしている」

と、孤雲は、まるでそのことをききにきたかのように、こまごまとその後の周作についてきいた。

「いや、実は周作の顔も見ておきたい、そんな気持ではるばると出てきた」

本当だ、と孤雲は言い重ねた。

「おれが、おれが占った子だからな」

その翌々日、孤雲は、中西道場のそばにある凌雲寺という臨済寺《りんざいでら》の境内で、周作と会っている。

周作は、地に片膝をつき、孤雲は編笠で例の顔をかくし、終始立ちつくしたまま、周作に語った。

「天のみを怖れよ。地に怖るべきはないと思え」

という言葉を、孤雲はくりかえしいった。

周作は、この地上で畏敬する唯一の人物の言葉を、胸をはずませつつ聞いた。

「禅家《ぜんけ》に、独坐《どくざ》大雄峯《だいゆうほう》、という言葉がある。自在の境地を得れば、独り坐して大雄峯のごとし、という意味だ」

孤雲は言葉を継いで、

「周作、そこに結跏《けっか》してみろ」

といった。言われて周作は、雲水がするように、足を組んだ。

孤雲はだまった。やがて日が暮れ、夜がきた。周作の足がしびれきって感覚もなくなったころ、

「ばかだな、お前は」

孤雲はやっと口をひらき、竹杖で周作の肩を丁々《ちょうちょう》と打ちつつ笑いだした。

「いつまですわっている」

「先生が」

と、周作は孤雲をそう呼んだ。

「立て、とおっしゃらぬからです」

「ところで」

と、孤雲は竹杖で周作のひざを突ついた。

「何のためにそこにすわっている」

「先生がそうおっしゃったからです」

「ばかだな。おれがすわれと言ったから意味もなくすわり、立てと言わぬからといっていつまでもすわりつづけている。百年そんなことをしても何もならぬぞ。その奇妙なくせはもうよしたらどうだ」

「えっ」

孤雲のぺてんにかかったことが、ようやくわかってきた。

「奥州の山からはるばる人の世に出てきたひとつの目的は、お前さんにそれを言ってやりたかったのさ」

周作がだまっていると、

「反逆しろ」

と、孤雲は大声で言った。

「何に反逆するのでございます」

「そんなこと、お前でないおれにわかるものか」

「………」

「自分の体で考えることさ」

と言って、孤雲はしばらくだまった。

周作が目をあげたときは、孤雲の足音が山門のほうへ遠ざかっている。

それっきり、孤雲は周作の生涯のなかで姿をあらわすことはなかった。

三

数日後に、高柳又四郎が中西道場にやってきた。師範代には道場わきの控え部屋があたえられている。内弟子が茶を出す。

高柳はそれを喫しおわると衣服をぬぎ、稽古着に着かえた。

胴を着け、竹刀をもって道場にあらわれたときは、揺らぎ出《い》でた、と言いたいほどの威容がある。片隅にすわり、面《めん》をつけようとした。

そこへ周作がやってきて膝をつき、丁重に稽古試合を申し出た。

「ん？」

と、高柳は周作の顔をのぞきこんだ。

「めずらしいこともあるものだ、いかさまお相手を致そう。立たっしゃい」

「お願いいたします」

周作は奥州なまりで言い、くるくると手ぎわよく面をつけた。

二人は道場の中央へ進み出た。

それまで、道場のあちこちで打ちあっていた他の門人たちはいっせいに鳴りをひそめ、身をひいて道場のすみへ居ならんだ。

正面から、中西忠兵衛が稽古着姿ながらあゆみ出て、審判の位置に立った。

自然に、試合のかたちになった。

ふたりは蹲踞《そんきょ》し、やがて同時に飛びはなれた。

「りゃあっ」

と、高柳は癖のある気合をかけつつ、竹刀を下段星眼《げだんせいがん》にとった。

一刀流の構えは正統的には星眼なのだが、高柳はこれも癖でやや剣先が下段にさがる。

周作の構えは、だれの目からも奇異であった。飛びさがるなり、剣先を上段に舞いあげた。

高柳もおどろいたらしい。

当流には、最初から上段、という構えは原則として用いない。攻撃には強くても防禦にもろいからである。

——高柳を混乱させたい。

というのが周作のねらいだった。

さらに高柳を混乱へ誘うために、周作は高柳の目を見なかった。目を、高柳の帯のあたりにつけた。

これも流儀にない。技倆のまさる相手と立ち合う場合、相手と目を合わせていると、相手から目の動きを洞察されて未然に手を読みとられてしまう。

相手の目を見ない。

この法を周作はのちに、

「帯の矩《のり》」

といった。

さらに周作は、浮足に構えている。足が地になく空《くう》になく、いつでも飛びこめるような足構えである。

双方、動かない。

動きようがなかった。双方に毛ほどの隙《すき》もなく、ただ時のみが過ぎた。このままの対峙《たいじ》が、四半刻《はんじかん》もつづいた。

この対峙の長さは、高柳をすこしずつあせらせはじめた。剣名がある。名の手前、周作に手こずっていると見られるのは香《かんば》しくない。

両者のあいだの空気は次第に重くなり、加熱し、ついに動いた。

高柳が仕掛けた。

この流儀にある特殊な方法で、「懸刀《かけとう》で後《あと》の先《せん》をとる」といわれる技《わざ》である。

高柳はわざと誘うように一歩出る。相手は誘われて同時に飛びこもうとする。その出籠手《でごて》を、引き切りに切り落す、という法であった。

周作はむろん、この技は知っている。知っている以上、誘いに乗るべきではない。

が、乗った。乗って危地に飛びこもうとし、鋭く床板《ゆかいた》を蹴った。

瞬間、

からっ

と、双方の竹刀が空中で鳴った。

道場に、声のないどよめきが起った。音無し又四郎の竹刀が、はじめて鳴ったのである。

だけではない。

周作の竹刀が高柳の面へ。が同時に高柳の竹刀が周作の籠手を激しく撃っていた。

相撃ちであった。真剣ならば同時に双方の血が飛んでいたであろう。

しかも、異変がおこった。

周作が飛びこんで面を撃ちおろすべく踏みこんだとき、どんと踏み出した右足が、道場の厚板を、足のかたちそのままに踏みやぶった。信じられぬほどの気組みのはげしさだった。

「千葉の床破《ゆかやぶ》り」

という、ながく幕末まで言い伝えられたこの男の伝説はこのときにできた。

中西忠兵衛は驚嘆し、すぐその場で大工をよび、踏みやぶられた床のまわりを切りとり、それを記念として保存した。

周作の評判は、江戸中の剣客のあいだで高くなった。

「無敵ではあるまいか」

という者もある。

秋も暮れはじめたころ、養父の浅利又七郎がやってきて、意外な要求を持ち出した。

「松戸へ帰れ」

というのである。

繁昌

一

「周作、松戸へ帰るのだ」

養父であり、師匠であり、いわば周作にとって絶対者といっていい浅利又七郎は、宣告するような口調でいった。それが、周作には地獄から鳴りひびいてくる声のように聞えた。

(松戸へ)

中西道場の住み込みをやめて、松戸の田舎道場に帰れと浅利はいうのである。

浅利の意中はわかっている。

江戸で日の出のような勢いで剣名をあげつつある養子周作を松戸に帰すことによって、松戸の道場の隆盛をはかりたいのだ。周作が手をとって門人を取り立ててゆけば、松戸道場の繁昌はうたがいないであろう。

が、周作の技術はとまる。

松戸でお山の大将になったところでなにもならない。技術には伸びざかりというものがある。周作のいまがそうだった。

「いますこし中西《ここ》に居てはならないでしょうか」

「ときどき来ればよい。松戸から江戸はちかいのだ」

「しかし、……住み込みでなければ」

「周作、心得ちがいをしている。わしはわしの師匠の道場である中西《ここ》に出入りせよと申したことはあるが、住み込めとは申さなかった。それを勝手気儘におまえは住み込んだ」

「そのおかげで」

「なるほどそのおかげで上達した。さればこそ中西《ここ》でみがいた腕をもって松戸の門人を取り立ててもらう」

そのかわり、と言うふうに浅利又七郎は周作がよろこぶはずの授け物をした。

「本目録皆伝」の伝書一巻と、印可《いんか》のしるしの短刀一口《ひとふり》である。剣客としてこれに至るのは容易なものではない。

「衣服をあらためて奥の座敷へ来い」

と、浅利はいった。この中西家の一室をかりて伝書の授与をおこなおうとするのであろう。

周作は立った。

別室で、中小姓時代に用いた黒木綿の紋服に着かえ、奥座敷へ出た。

正面に、中西忠兵衛がすわっている。

もっとも忠兵衛は宗家として立ち合っているだけで、伝書はあくまでも直《じき》の師匠である浅利又七郎から貰うのである。

別段の儀式はない。

中西家の内弟子の少年が白木の三方《さんぼう》に巻物一巻をのせ、しずしずと進んで周作の前へ置く。

周作は拝領する。

「秘伝は、かまえて人に洩らすな」

と、型どおりのことを浅利又七郎は言い、周作をさしまねいて、手ずから、印可のシルシの短刀をあたえる。

それだけである。印可のシルシに物品をあたえるというのは禅家からきた習慣で、短刀でなくてもよい。ありあわせの、たとえばキセルでもいいし、古杖でもいい。

周作は拝跪《はいき》した。

それだけで、この儀式はおわった。

別室にひきとり、

（いったい、何が書かれているのだろう）

と、伝書のひもを解き、おそるおそるひろげはじめた。

まず最初に、十二ヵ条にわたる秘伝の項目の名称だけが羅列されている。

一、二之目付之事《にのめつけのこと》

二、切落之事《きりおとし》

三、遠近之事

四、横竪上下之事《よこたてうえした》

などといった箇条で、この各条についての解説は別に頂戴する「一刀流兵法《ひょうほう》箇条目録釈義」という書物に書かれている。

巻物にはそれらの文章はない。要するに十二ヵ条の見出しのみを列挙したあと、

「一刀流兵法、稽古熱心浅からず、其上《そのうへ》、勝利の働《はたらき》これあるによつて、家流始之《はじめの》書《しよ》、此一巻、これを差し進め候、猶《なほ》、師法を疑はず、切磋《せつさ》琢磨《たくま》をもつてすれば、必ず

勝つべきこと、相叶ふべく候。仍《よって》、件《くだん》の如し」
と、漢文まじりの下手な候文で書かれているのが、唯一の文章である。
このあと、流祖伊藤一刀斎から浅利又七郎にいたるまでの「系譜」を頂戴すること
が、剣客の無上の名誉であるといっていい。

伊藤一刀斎景久《かげひさ》
小野次郎右衛門忠明
小野次郎右衛門忠常《ただおき》
小野次郎右衛門忠於《ただかず》
小野次郎右衛門忠一《ただまさ》
小野次郎右衛門忠方
中西忠太子定《たねさだ》
中西忠蔵子武《たねよし》
中西忠太子啓
中西忠兵衛子正
浅利又七郎義信

浅利周作殿

というものである。

それらの名を一人ずつ読みすすんでゆくうちに、周作は、流祖一刀斎からはじまる一刀流の歴世の剣客の存在が、これほど身近に感じられたことがなかった。

その道統法脈《どうとうほうみやく》のなかに、周作も入ったのである。この「本目録皆伝」という伝書の上位には、

「指南免状」

というものが存在するが、これは実技よりも、その術者が、たとえば大名から指南役として招かれたりした場合に宗家に懇請し、宗家がその人物を見た上で下付するもので、術技の段階としてはこの本目録皆伝が最高のものであろう。

周作はうれしかったが、しかし、

——これをやるから松戸に帰れ。

という浅利又七郎の態度を思うと、心が沈まざるを得ない。松戸に帰れば、腕も名も「松戸の周作」にすぎなくなる。一刀斎、武蔵いらいの日本剣術の中興の大業を遂げる、という周作の野望はあえなく消え去るではないか。それを思うと、

（こんなもの、要らぬ）

と、叩きつけたくなるような思いがした。

二

結局、周作は浅利家に帰るべく千住《せんじゅ》大橋を渡って、松戸の宿《しゅく》に入った。

（あいかわらず、馬糞くさい宿場だ）

と呪《のろ》わしくなるような思いで、街道を歩いてゆく。

むこうから馬が一頭やってきた。頸《くび》を垂れ、歩《あゆ》みに元気がない。その病馬を抱きかかえるようなかっこうで、馬医者の幸右衛門がやってくる。

「周作ではないか」

往還の人々が、立ちどまるほどの大声で幸右衛門はどなった。

「きいたぞ。このたびは有り難や、本目録皆伝を伝授されたそうではないか」

宿場中にひびきわたるほどの声でわめいたのは、まちの衆に知ってほしかったのであろう。

「さきに帰っておれ。おれはこの患者を本陣まで送りとどけてから急ぎもどる」

患者とは、曳いている馬のことらしい。

周作は養家の浅利家にまず行って又七郎にあいさつし、ついで実家にあいさつすべく幸右衛門の家に入った。

幸右衛門は、戻っていた。

「とにかくめでたい。天下最大の流儀である一刀流中西派の皆伝を得たとなれば、三百諸侯からの引く手は沢山《あまた》あろう」

「そうは参りませんよ」

「なるほど、おまえの場合はちがうな。浅利先生の道場のあとを継ぎ、ゆくゆくは若州《じやくしゆう》酒井侯の御指南役になる身だ。松戸の馬医者のおれなどは足もとにも寄れぬさ」

「父上、桑の株に接《つ》いだ梅、あれはつきましたか」

「枯れたよ」

照れくささそうに幸右衛門は、長い顔をつるりと撫でた。

「枯れたさ。やはり無理だったな」

「雄図《ゆうと》むなしく?」

「そう、雄図むなしく」

と、幸右衛門は大笑いした。雄図、とは幸右衛門の思想である。ココロザシは現実的すぎるものはくだらん、実現やや不可能な事を夢みてその雄図のもとに失敗せよ、ということを、桑に梅、といった奇妙な接木《つぎき》をやるときに幸右衛門はいったのである。

「それはそうと、爾今《じこん》、あれだそうだな、この松戸で門人を教授するそうだな」

「浅利先生からきかれましたか」

「聞いた。皆伝をとって田舎道場を継ぐ——思えば周作、接木に例うれば、梅の株に梅を接ぐようなもので、凡の凡たるものだな」

雄図ではない。

「梅に梅を接げばかならず成功する。周作もその若さで成功した。奥州の山里から出てきて松戸に足をとめ、一刀流を学び、松戸の道場に入婿《いりむこ》し、剣は皆伝を得、その腕《じ》をもって松戸で田舎門人を取りたて、ゆくゆくは道場主になる。成功だよ。それで自足《そく》するかね」

「自足？」

「自《みずか》ら足《た》れりとするかというのだ。つまり桑に梅を接ぐ失敗の道を歩む気はないかというのだ。周作、いま何が望みだ」

「天下無敵になりたい」

「おおこれはむずかしい道だ。ほかに？」

「流儀には、不合理な太刀や無意味な太刀が多うございます。理《り》に照らしてそれらを整理し、理に適《あ》う太刀を加え、あたらしい剣術を興しとうございます」

「謀叛人《むほんにん》の道だぞ」

幸右衛門は、勇んで膝を打った。

「道場から破門され、伝書は取りあげられ、道友からは仲間はずれにされ、衣食の法をうしない、路頭に迷って敗残する道をお前はいま言った」

「しかし雄図だと思います」

「左様、桑の株に梅の接木の類《たぐ》いだ。その謀叛の道を本気で思っているか」

「いや」

周作は、にがい顔をした。それへ踏み切れるような自分であるかどうか。自問してみたが、自分でもわからない。憮然《ぶぜん》とした顔で、周作は庭の漆《うるし》の紅葉《もみじ》をみた。

胸のうちが疼《うず》くような紅さである。

「愛欲が、敵よ」

幸右衛門はいった。お美耶《みや》のことをいっているらしい。もし自分の思う道を往こうとすれば、一刀流の皆伝書を返上せねばならぬのみか、養子としては離縁され、お美耶と別れねばならないであろう。

「世々《よよ》の男どもの敵さ」

幸右衛門はいった。

「おれを含めてな」

「父上も謀叛《むほん》をおこそうとなされたことがあるのですか」

「あるのですかとは何事だ。いつも言っているではないか。おまえの母親への愛慾が、わしの志を萎《な》えさせた。もし妻子を捨てて江戸へ出ていたならば、わしもいまごろは何藩かの指南役になっている」

「惜しいことをなされました。わたくしにも責任があります」

「そう、あの肌やわらかい妻《おんな》が生んだ子としておまえにも責任がある」

幸右衛門はそんなことをいった。

周作は閉口して千葉家を出、重い足をひきずって浅利家へもどった。日没まで道場で形《かた》の稽古をし、あと千回の素振《すぶり》を仕遂げてから夕食の膳にすわった。

すっかり日が暮れている。

「夕餉《ゆうげ》は陽のあるうちに済ませよ、とお父さまが申されました。お稽古も結構ですが、はやばやと切りあげていただきます」

と、お美耶がいった。当家の父娘《おやこ》のいう意味は、油代の節約のことなのである。行灯《あんどん》の灯明《ほあか》りのもとでめしを食うなどは不経済もきわまれりというのであろう。

(久しぶりに帰ってきたというのに、くだらぬことのみを言う)

お美耶の舌は、そのように出来ているらしい。周作の心を楽しませるような音《ね》を、どうして奏《かな》でられないのであろうか。

「あすから家にいる」

「お父さまがそう申されました。美耶も周作からきらわれていたようだが、わしが叱りつけて江戸から引きもどした、と」

「それはすこし違う。別に、そなたをきらっているわけではない」

「そりゃそうでしょう。美耶にはあなた様にきらわれる訳《わけ》あいがありません」

「左様、無い」

あとは、周作は、黙然《もくねん》とめしを食った。

夜、お美耶を抱いた。若くて強健すぎる周作は、臥床《ふしど》のなかでの情がはずかしいほどに強《こわ》い。お美耶は抱かれながら、身《み》の骨が撓《たわ》んでくだけるのではないかと何度もおもった。

お美耶も癇《かん》が強い性格だけに、この事がはじまるとその激しさが人並みでない。何度も求め、何度も絶え入るような声をあげた。

ときどき、

「髪が、髪が」

と、箱枕の上の自分の髪がくずれることを怖れるのだが、ついには枕をはずし、畳の上で髪がたをぐしゃぐしゃにしてしまう。

おわって、髪のくずれたお美耶の姿をみるときほど、周作の心の底冷えることはない。お美耶に対してではなく、自分の、おそらく尋常を通りこした精のつよさに対してである。

(宮本武蔵は生涯不犯《ふぼん》であられたときいているが、このおれはどうだ。惑溺《わくでき》してしまっている)

お美耶は、疲れはてて寝ている。

朝、周作が起きると、お美耶はなお、前夜のままの乱れかたで寝ていた。嗜《たしな》みのある武家女というのは、夫に朝の乱れをみせないというが、お美耶は周作をそれほどの亭主とも思っていないのか、薄目をあけて、

「もう朝？」

と、ひくい声でいうのである。

周作はまだ暗い裏庭へ出た。井戸端で手洗《ちょうず》をつかい、そのあと陽が昇るまでのあいだ素振を千回試みるのを日課としていた。

陽が昇りはじめると、浅利又七郎の日課がはじまる。陽に、柏手《かしわで》を打つのである。

――周作も陽をおがめ。

としばしばすすめるが、周作は自分の理性でなっとくできぬ行為の出来ぬたちだった。このことだけは最初から浅利に従わなかった。

「周作には、神仏への崇敬心がない」

というのが、浅利又七郎の周作への不満の一つであり、浅利には理解のできぬところらしかった。ときには、頑《かたくな》にそれをこばむ周作に、異人種を見るような感情をもつらしい。

「中西道場第一といわれる寺田五郎右衛門殿も徳本行者《とくほんぎょうじゃ》の信者であるぞ。信仰篤《あつ》ければ剣も上達するのだ」

といったことがある。

（されば神仏を利用することではないか。無信心よりも質《たち》がわるい）

と屁理屈《へりくつ》ながら周作はおもった。

周作は、天性の合理主義者らしい。

古来、兵法というものは、その本質が徹底的な合理主義でできあがっているにもかかわらず、どの流儀も、流祖が神の啓示によって一流をひらいたとか、あるいは伝書の表現や組太刀《くみだち》の名称に神秘的な名をつけたりして、外装を事々《ことごと》しい宗教性で包んでいる。

(それが不快だ)

と、周作はかねて思い、

(自分は、そんなまやかしや誇張のない兵法を確立しよう)

と念願していただけに、柏手のような呪術《じゅじゅつ》めいたしぐさをすることや、仏神に、接

近することを、自分に禁じていた。

(絶対者《おおきいもの》に随喜し、それに魂をあずけ、窮極にはそれに同化してゆくことによって人

間の自在の境地が出来、心境が天地のひろさにひろがり、剣に無礙《むげ》の境地が確立す

る、ということはわかるが、それも齢をとってからのことだ。いま、左様な境地をも

てばかえってわが剣を誤る)

ときびしく思っている。いま周作がすべきことは、剣の運動律を創りあげること以

外に何物もない。それをあいまいにする神仏などへの信仰は、毛ほどもあってはならない、とこの若者は思っている。

秋が暮れ、冬がきた。やがて松戸で正月を越した。

周作は中西道場で修行中、みずから学びつつもその内側で独創的な教授法を工夫しつつあったので、それが大いに近在に喧伝され、門人が飛躍的にふえた。

松戸の近在の農夫や町人だけではない。下総《しもうさ》にある佐倉藩、小見川藩、多古藩、関宿藩、生実《おいみ》藩といった小藩の藩士のなかで、藩のゆるしをもらい、わざわざ松戸に宿をとって入門してくる者さえ出てきた。

浅利又七郎ひとりが看板だったころにはなかった現象である。

謀《む》叛《ほん》

一

松戸で、年を越した。

春が過ぎ、夏がきた。周作が松戸に帰ってきて一年もたたぬというのに、下総《しもうさ》松戸の名物といえば剣術、という評判がしきりと喧伝《けんでん》されるようになっている。

「浅利道場の小先生《こせんせい》に学べば、他道場で五年のところが三年で上達する」

という評判が江戸にひびきわたるようになった。

周作は、自分でも他人を教えるようになってから気づいたことだが、かれには、剣の先人たちがかつて持ったことのない特殊な才能があるようであった。

分析の能力である。既成の兵法《ひょうほう》から原理をさぐりだし、その技術をこまかく分析し、いったんばらばらに解体してしまってからあたらしく組み立てるという能力であった。

（悪魔の能力だな）

と、われながらおそろしくなるときがある。兵法とは伝統技芸である。流祖は神のようなものだ。伝書は神の書であり、それを汲む師匠は司祭者の神聖をもっている。

弟子は、ひたすらにそれを信奉するだけでいい。疑問をおこしてはいけないし、それをおこすことほど不道徳はない。

厳として、この世界はそうなっている。背《そむ》く者は謀叛人である。が、周作は、つい意識することなく流儀の技法を分析解体してしまい、あたらしく再組織してひとに教える。

だから門人にとってはひどくわかりやすいのである。

余談だが、古来、兵法の流祖というのは無学な者が多い。それが一流を興し、伝書をつくりあげるとき、学問のある禅僧などに頼んで剣の「教義」を書いてもらった。自然、文章が晦渋《かいじゅう》で、なにが書かれているのかわからぬものが多い。わからぬことがむしろ尊《とうと》げにみえる、という点も兵法教義の晦渋さのねらいにもなっている。

たとえば周作が学んでいる一刀流は諸流派のなかではもっとも合理的なものとされ

ているが、それでもその正伝総目録の本文は、つぎのような文章からはじまっている。

端末《たんまつ》いまだ見《あら》はれず人能《よ》く知る莫《な》し
天地の神明《しんめい》、物と推《お》し移り
変動常《つね》無し、敵に因《よっ》て転化す

周作は、はじめこの文章をみたとき、

(なんのことかわからぬ)

と思い、養父《ちち》であり師匠である浅利又七郎にきくと、

「心眼で読んでみろ、わかる」

という答えしか得られなかった。浅利又七郎もわからないのであろう。

周作には、こういう、鬼面《きめん》人を驚かすような誇大な文飾は、

(ばかげている)

としか見えなかった。馬鹿げている、といえば、流儀の根本ともいうべき太刀の形の名称からして怪奇なものだ。

一刀流には、
金翅鳥王剣《こんじちょうおうけん》

という太刀の名がある。金翅鳥王というのは仏典にある空想上の怪鳥で、三千年に一度羽ばたいて世界の底に入る、といわれている。

(どんな剣か)

と周作もはじめは目をかがやかす思いだったが、要するに上段より打挫く剣のことだとわかって失望した。

剣の内容に失望したのではない。こういう誇大な名称をつけたがる兵法家特有の精神が周作には愉快でなかった。

こんな名称をつける感覚の底には、人間としての浅薄さ、物欲しさがあるとしかおもえない。

戦国から徳川初期にかけて、兵法者は宣伝家でもあった。異装で歩いたり、心寄心流《しんきしんりゅう》、心明当神流、無敵流といったたぐいのとほうもない流儀名をつけて門人を集めようとする者が多く、自分の剣の来歴についても、天狗から教えられたとか、霊夢を得たとか、山中に籠っているとき仙人から授けられたとか称していた者が多い。

そういう感覚の世界にいるため、太刀の名称も強烈な宣伝的要素をともなっている。金翅鳥王剣のほかに一刀流の太刀にどんな名称があるかといえば、妙剣、絶妙剣、独妙剣、風楊《ふうよう》、乱曲《よれ》、竜尾《りゅうび》返し、舞睦《まいむつみ》、阳阴《よういん》臥竜……

といったたぐいである。泥絵具でかかれた地獄極楽図でもみるようなあざとい名称ではないか。

しかも、これらの誇大な名称には、名称だけがあって内実のない太刀もある。

(宣伝用《ふいちょうよう》のものだ)

ということも、技倆が進むにつれて周作にはわかるようになった。実際に試みてみて、力学的に使えない太刀なのである。

周作は道場でも、こうした兵法独特のまやかしの用語はいっさい使わなかった。

「剣の要諦《ようたい》はひとことで申してどういうことでございましょうか」

と門人がよくきく。こういうばあい、普通ならば、

「曰《いわ》く、無《む》」

などと師匠でさえわけのわかっていない哲学的表現をとるのが剣術家の常であったが、周作は、

「剣か。瞬息《しゅんそく》」

とのみ教えた。剣術の要諦はつきつめてみれば太刀がより早く敵のほうへゆく、つまり太刀行きの迅《はや》さ以外にはない。ひどく物理的な表現であり教え方であった。周作は剣を、宗教・哲学といった雲の上から地上の力学にひきずりおろした、といってい

い。すこし長い言い方でいうと、周作はつねづね、

「夫剣《それ》は瞬息、心《しん》・気《き》・力《りき》の一致」

と、教えた。

形《かた》についても同じである。

かれは相撲《すもう》の世界の考え方を剣術にもちこんだ。相撲の手は、四十八手という。周作は剣術の手を分析しつくしたあげく、

「六十八手ある」

ということを知った。むろん自分で工夫した手も数えこんでいる。

このうち面業《めんわざ》が二十手、突業《つきわざ》が十八手、籠手業《こてわざ》が十二手、胴業《どうわざ》が七手、続業《つづきわざ》が十手、それに組打ちが一手。計六十八手である。

剣術の技法は流祖以来、

「形」

ということで継承してきた。周作はこれをあまり教えず、

「手《て》」

という言葉でその技術を表現した。

「手」にはもはや哲学性がなく、純然たる力学的なものであった。もはやこれだけで

も周作の技術革命者としての資格は十分であったろう。

たとえばこう教える。

「こちらが上段、敵が下段《げだん》に構えている。敵が突いてきたとき、こちらは体《たい》をひらいて半身《はんみ》になり敵の太刀をはずし、左片手で敵面《めん》を撃つ。これを半身面《はんみめん》という」

そんな教え方である。たとえば、籠手業十二手のうちに「留籠手《とめごて》」という手がある。

「双方下段や星眼《せいがん》、といった同じ構えで対峙《たいじ》しているとき、敵がこちらの右籠手に打ちこんでくる。この場合敵太刀を鍔元《つばもと》で受けとめそのまま小切《こき》りに敵の籠手を撃つ」

わかりやすい。

というよりもこの一見おだやかな若者が、兵法がかぶっていた神秘的ヴェールを大胆に剝ぎとった、といっていい。門人にはよくわかるし、自然、教えを乞うために浅利道場の門をたたく者が非常な勢いでふえた、というのもむりのないことであった。

あるとき、古参の門人が、

「一刀流の構えのなかに『地摺《じず》りの星眼』という特別のかまえがあるそうでございますがどういうものでございますか」

ときいたことがある。

「そんなものはない」

と、周作は無表情にいった。古参門人はおどろき、

「しかし大先生（浅利又七郎）が、たしかそうおおせられたように、記憶しておりま
す」

「たれが申そうとないものはない。ただの下段の構えのことだ」

下段の構えのことを、そのような誇大な名で別称してきただけのことだと、周作は言いたかったが、そこまでは言うを憚《はばか》った。

ただ、こう説明した。

「太刀を星眼、つまり敵の目へ、または下段つまり敵の咽喉元《のどもと》へつける。この場合、いくら気合をこめても敵はなかなか後へ退《さが》らぬものだ。そのときには当方が地を摺るような心で押してゆく。奇妙に敵はさがる。それだけのことだ。構えとしては下段にすぎない」

ひどくわかりやすい。

この古参門人は目を洗われたような表情でうなずいたが、後日、なにかのはずみにこのことを浅利又七郎に告げてしまった。

浅利は、激怒した。

もともと、周作が自分の留守中に「異法」を教えているらしいということはうすすう気づいている。

(いつかは。――)

と胆《はら》に含むところがあったのだが、この地摺の星眼の一件で浅利又七郎の堪忍《かんにん》の緒《お》が切れたといっていいだろう。

二

浅利は、腹心の古参門人たちにひそかに命じて周作の教授内容をしらべさせた。すると、右のようなおどろくべき事実がぞくぞくと出てきた。

あるとき浅利又七郎は江戸からもどってくるとすぐ周作をよびつけた。

「そちゃ、御流儀に対して異《い》を立てておるそうな」

と、忿《いか》りをおさえつつ言った。

「異は立てておりませぬ。ただ教え方に多少の工夫をしたにすぎませぬ」

「それが異だ」

頭から、どなった。

「聞くところによれば、そちは相撲風情《ふぜい》がいう四十八手にひきくらべ剣術には六十八手あると申しておるそうではないか、冒瀆《ぼうとく》もきわまれりと言うべきだ」

「流祖伊藤一刀斎先生のころはむろんのこと一刀流中興の小野次郎右衛門先生のころも面籠手はございませなんだ。すでに面籠手が出現しているこんにち、これに適合する教授法がなくてはなりませぬ。それについて工夫をかさねた結果が、六十八手という仕儀に相成ったのでございます。決して異を立てているのではございませぬ」

「異だ。即今、それをやめろ」

「やめませぬ」

周作は、いつになく頑固だった。

「やめるのだ」

「これをやめては、日本の兵法は、ついに古人の残滓《のこりかす》をなめていることと相成り、ついにほろびるにいたりましょう。日本兵法は、周作のこの六十八手より新たにはじまると申してさしつかえござりませぬ」

「な、なにを!」

浅利又七郎は忿りで度《ど》をうしなった。

「見てやる、その六十八手とやらを。即刻、木刀をもって小金原《こがねはら》の袖引松《そでひきまつ》の根方へ参っておれ、わしはあとでゆく」

剣客が、後進を説得する方法はついに剣でしかない。浅利又七郎は伝統どおり、木刀による「形《かた》」稽古を主軸にした教授法をとってきている。木刀による立合いを周作に強《し》いたのは、

――ついに兵法修行は木刀による形に尽きる。

ということを、木刀勝負によって実物教育しようとしたのである。もっとも教育、というよりこの場合、挑戦といったほうがふさわしい浅利又七郎の気迫ではあったが。

周作は、やむなく道場を出た。

(なぜ師匠は小金原などといった土地を選んだのであろう)

遠い。

松戸から北へ十二三キロもある。汗っかきの周作にとって日盛りの道を二時間以上もかかって歩くのは迷惑なことだった。

小金原は幕府の官営牧場で、その規模は南北二十八キロにおよんでいる。古名葛飾《かつしか》野《の》というところだ。灌漑の方法がないため古来荒野として知られ、江戸幕府がはじま

ってのちは右のごとく官馬の放牧地になっていた。

周作はやがてこの原に踏み入れ、ときどき迷いそうになりながらも、幾つかの雑木林を通りぬけ、陽の傾くころに養父が指定した袖引松の下にたどりついた。

昼というのに、狐が鳴いている。馬の影さえみえず、見わたすかぎり天と牧草と雑木しかない。

(人目を怖れたのだ)

と、周作は養父がこの場所を指定した意味がやっとわかった。養父と養子が、兵法論の対立のあげく木刀をもって立ち合ったということは外聞のいいことではないであろう。

浅利又七郎がきた。

周作が会釈《えしやく》したが又七郎は無視し、だまって羽織をぬぎすてた。

すぐ襷《たすき》、鉢巻をし、周作も一動作遅らせて襷をかけ手拭いで汗どめをし、袴のもも、だちをとった。

が、浅利又七郎は袴のももだちをとろうとはしない。

「養父上《ちち》、お袴を」

と周作が注意したが、又七郎は無視した。周作を軽くみている。

(竹刀打合《しないうちあい》の剣術ならいざ知らず、木刀をとっての勝負なら周作よりも古法のほうがすぐれているし、従って古法の遵奉者《じゅんぽうしゃ》である自分のほうがすぐれている)

というのが、浅利又七郎の自信の根拠であるようだった。

双方、相《あい》星眼にかまえた。

一刀流の常法である。が、浅利又七郎はよほどの自信があったのであろう。相手の変化をよぶために一変して上段にとった。

伝書の表現でいえば、

「金翅鳥王剣」

である。伝書の釈義に言う、

コノ剣上段ヨリ打チヒシグコトアタカモ金翅鳥王ノ世界ヲ見ルガゴトシ。ソノワザ、無念無想ニシテ磐石モ打チヤブル勢《イキホヒ》ヲモツテ、敵ノ様子ニヨリ機変ニヨツテコノ架《カマヘ》ヲ用フルコト多シ。

(単に上段ではないか、大そうな)

と周作がおもっているそれだ。

勝負は一瞬にしてついた。

周作の表現法でいえば、

（敵が上段に構え、当方が星眼にかまえている。そのとき敵が仕掛けて面《めん》へ来たとき
その剣を当方の剣で摺りあげつつ膝をついて折り敷き、敵の胴を撃つ）

という「摺上胴《すりあげどう》」をもって勝ちをとった。むろん、木刀はかるく又七郎のあばらに
触れるあたりでとめている。

「相打ちぞ」

周作の面を襲った又七郎の木刀は周作の頭上、紙一重のところでとまっていた。

又七郎は吼えるようにしてとびのいた。

「いや」

「相打ちだ。師匠に楯《たて》をつくか」

それを判定すべき検分役がないため、周作はそれ以上抗弁できなかった。

浅利又七郎はゆっくりと襷をはずしながら、

「真剣ならば、そちは斃《たお》れている」

と無用のことをいった。さらに鉢巻をはずすときに、

「形《かた》・組太刀《くみだち》を軽視する竹刀剣術などは所詮はこのざまだ。ましてやそちの六十八手
とやらいう邪法」

「邪法ではございませぬ」

「まだそれを申すか。すでにそちは負けている。これ以上なにをいうことがあるか。今日かぎりその邪法をすてねば破門、離縁をする」

周作は地に身をかがめて養父の羽織を拾おうとしていたとき、この「破門」という言葉をきいた。

はっと顔をあげた。

その表情が、浅利又七郎の目からすればひどく反抗的にみえたのであろう。

「こ、こいつめが。なんという面《つら》をする」

「いえ」

あわてて顔を伏せた。自分でもすさまじい形相《ぎようそう》であったろうとは気づいている。

「申しわけございませぬ」

「では捨てる、な」

又七郎は念を押したが、周作は固い表情でだまっていた。

「捨てぬのか。お美耶と別れてもよいというのか」

「…………」

「きょうは屋敷に入《はい》ることはならぬ。裏の畑で一晩考えてみろ」

言いすてて、又七郎は立ち去った。

四半刻《しはんとき》ほど周作は袖引松の下で思案し、やがて松の根方を離れたときは、もう影が長くなっていた。

(ひろく天下を周遊するか)

その想い以外に、この場の周作のやりきれぬ気持を救うてだてがなかった。

影が、いよいよ長くなっている。やがて陽は江戸川堤のむこうに沈むであろう。

離　脱

一

幾万、幾億ともしれぬ星が、それぞれ無声の音を発しつつ、またたいている。

周作は、黙然《もくねん》と桑畑にすわっていた。日暮れからずっとそうしたままである。もう夜半になるであろう。

(小糠《こぬか》三合あれば養子にゆくな、ということわざは、よくよく言いあてたことばだ

な)

そうおもわざるをえない。

いかに剣理の解釈に異を立てたからといって、養子を、まるで孺子《こども》でもあるかのように、

「わがいうことがわかるまで屋敷に入ることはならぬ。裏の桑畑ですわっておれ」

とはなんという言いざまであろう。奴婢《ぬひ》でも受けぬあつかいではないか。

由来、養子には、利がある。

周作のばあいは、この松戸の浅利家の道場と浅利家の先祖からつたわっている十町歩ばかりの田畑、又七郎の代になって得た若州《じやくしゆう》酒井家の指南役の位置と禄——それらを周作は濡れ手で粟《あわ》をつかむようなかっこうで獲得することができるのだ。

まったくこの世で、養子ほどうまい渡世はない。

——うますぎる。

という感情が、それを呉れてやる養家のほうにずっしりと根を張っている。つい、養子を必要以上に苛《いじ》めたくなるのは、むりのないことかもしれない。

(小糠三合——か)

周作は、奥州からの流民の子だ。実父幸右衛門には馬医者としての技術があるだけ

で、小糠三合が穫れる田畑も持ちあわせていない。

が父の幸右衛門には馬を診《み》る技術があるように、周作にも剣、という技術がある。

(これだけが、頼りだ)

もしこの技術と、自分の技術に対するほこりがなければ、周作など屁のようなものだ。この星空の下、人間の棲息《せいそく》するこの世で、なんの存在意義もない。理由もない。ただひたすらに養父に媚《こび》を売り、家付きのお美耶《みや》の機嫌をそこねまいとし、懸命に浅利家の籍にしがみついて暮らさねばならないであろう。追われれば浮浪人になるしかない。

(が、おれには剣がある)

その剣が、世に立てるほどの域に達しているかどうかは、ひろく世間を周遊して試さねばわからないが、自信はある。

戌《いぬ》の刻をすぎると、腹がへった。

が、周作は平然としていた。

真昼にみれば周作の口のまわりが、人を食ったように赤くなっていたであろう。周作は、星を見たり思案をしたりしながら、桑の実をちぎっては食っている。

戌ノ下刻《げ・こく》をすぎたころに、桑の葉をさやさやと鳴らしながら人影が近づいてきた。

あたりに気を配っていることが、様子で知れる。

「周作殿」

と、その影は小声でよんだ。お美耶であった。ここにいる、ということを気づかせるために周作は、桑の枝を大きくひきよせ、黒紫色《くろむらさきいろ》の実をちぎった。音が鳴った。

「周作殿か。なぜ返事を致しませぬ」

と、お美耶は相変らず権高《けんだか》い口調で言い、葉音を鳴らしながら近づいてきた。

お美耶が、周作の前にしゃがんだ。なま温い人肌のにおいが、周作の鼻のまわりでうごいた。

「さあ、おあがりなさい」

お美耶は、ざるに握り飯を盛りあげて持ってきている。周作は、食べなかった。

「おあがりなさい」

と、お美耶は子供に対するように周作の手をにぎり、握り飯をつかませようとした。

「いや」

周作は、機嫌のわるい少年のようにそれをこばんだ。

「なぜ食べないの」

「たべると、おれはこまるのだ」

周作は、つとめてやさしくいった。

「この饑《ひも》じさが、おれをある決意に追いこんでいる。いま食べて腹がくちくなれば、またまた平穏で無事な、毎日の暮らしのなかにもどらねばならぬ。――おれがここでこの飯を」

周作は、夜目にも白いその円形の食物を見た。腹が不覚にも鳴った。

（食えば、おれはついに駄目になる）

「決意というのは、なんのこと？」

「家を出たい」

「えっ」

お美耶が、それが周作の口から出ようとは想像もしなかった言葉である。旧姓千葉周作とは、奥州から逃散《ちょうさん》してきた浮浪人の子ではないか。それが氏素姓を得、田畑を得、屋敷を得、士籍を得、塗り椀で汁を喫することができ、夜は屛風をめぐらせた部屋で寝ることができるようになったのは浅利家に入夫《にゅうぶ》したおかげではないか。その周作が、

――家を出る。

などとは、口が裂けても言わぬであろうとお美耶はおもいこんでいた。

「気でも狂ったのですか」

「そうらしい」

周作も、自分がいま平素の常軌から墜落し去って、見たこともない暗い谷間の底の底に尻をおろしてしまっていることに気づいている。お美耶の声が、はるかな頭上の崖の上からきこえてくるような気がしてならない。一種、狂気といわれればそういう状態かもしれない、と思うのである。

お美耶は周作の膝をつかんだ。何度もゆすりながら、何度も念を押した。膝をゆすぶられながら最後に周作はいった。

「何とも仕方がない。もう、意を決し去ってしまったのだ」

「うそ！」

お美耶のほうが、惑乱した。

「お前は傲《おご》っている」

「おれがか」

「そう、わずかな兵法《ひょうほう》上達を鼻にかけてお養父様《とうさま》にさえ増上慢になり、鼻もちならぬ態度だと申すではありませんか」

「お養父上《ちちうえ》がそう申されたか」

「いつも」

そうこぼしている、とお美耶はいった。

「分《ぶん》を考えろ、と養父《ちち》は申されております」

「なんの分だ」

「養子の分です。養子とは諸事律義《りちぎ》に物事のあるがままを守ってゆく、それがために当家へ貰われてきたのではありませんか」

「おれにはそれが無理だ、とわかった。あす養父上から離縁していただく」

「おまえ！」

お美耶はどう思ったのであろう、握り飯の一つをつかむなり、周作に武者ぶりついて行ってそれを食わせようとした。

周作は、お美耶のこの意外な狂態におどろき、「よせ」とのけぞった。が、お美耶は周作の顔に握り飯を押しつけ、なすりつけ、

「食《け》、食《け》」

と叫び、咽喉の裂けるような泣き声をたてた。ついに周作はあおむけざまにころがった。お美耶はのしかかってきて、飯だらけの周作の顔をめったやたらと打擲《ちょうちゃく》し

た。いや、周作の口にめしを押しこもうとしているのであろう。

「こ、この恩知らずめが」

「いや、そうではない」

「恩知らずだ。どの口あってそんなことが言えたものか。この口か」

揉みあっているうちに、お美耶はひくっとえずいたかと思うと、不意におとなしくなった。周作の上に乗りながら、その胸に顔をうずめた。

「どうした」

周作は、ささやいた。

お美耶は小さな声で、自分がきらいになったのか、という意味のことを訊《き》いた。別人のようにかぼそい声であった。

うたれたように、周作は、だまった。

双方の沈黙がつづいた。夫婦だから体だけで会話ができる。周作の体が不覚にも小さく動き、お美耶のそれが、わずかずつ応えはじめた。

周作は、お美耶の腰に手を触れた。常人の倍ほどもある大きな掌《て》である。その左右の掌が、お美耶の腰をすっぽりとつつむように抱いた。お美耶が、はげしく動きはじめた。

(いかん)

周作は、おのれを切り裂きたいほどの思いで嫌悪した。常時のことだ。いつも口論のあと、このようなていたらくになる。周作は黒い天を見た。

北斗七星がそこにあった。その星こそ、周作の人生の行路を見守っている守護神ではないか。この七星のうちの首座の星「北辰」は普通、清艶な女人《によにん》にかたちどられている。宝冠をいただき、左手を心臓のあたりにあてて如意宝珠《によいほうじゅ》をもち、右手は与願《よがん》の印《いん》をむすんで天界からはるかな下界を見おろしている。

(南無妙見《みようけん》菩薩)

と、周作は泣くような気持で祈った。人間は理想と念願に生くべきだ、ということをかつて孤雲居士は周作に教えた。その理想と念願を、この桑畑のなかで、お美耶の体液のなかにまみれ捨ててよいものかどうか。

(ここでお美耶を抱いてはならぬ)

お美耶こそいい面《つら》の皮かもしれないが、この場合の周作にとってはお美耶が、地上のあらゆる没理想的なすべての具象物《ぐしようぶつ》のようにおもわれた。愛慾を思う心こそ悪魔である、といった古代の理想追求者たちの気持がわかるような気がした。

「どうしたの」

お美耶は、周作の顔をのぞきこんだ。夫の体の動きがとまっている。土の上にころがった顔が、天を見ているのだ。

「空を見ないで」

「お美耶、やはり家を出る」

「私を捨てて？」

と、お美耶は意外にやさしい声音《こわね》でいった。

「いや」

周作は口ごもった。みるみる気が萎《な》えてゆくのを感じた。

「跟《つ》いてくる気があるなら、一緒に出よう。むろん、食べてゆける方途もない。浪人の貧窮と屈辱を一緒にあじわってくれるなら、一緒に浅利家を出てくれ」

「私に、乞食になれ、というの」

「そうはいっていない。しかし似たような境涯に堕ちる」

「貧乏が、こわい」

お美耶は、戦慄するように叫んだ。それが本音《ほんね》なのであろう。事実、この世間は花園ではない。足場を失った人間は奈落《ならく》の底に落ちてゆき、一粒の米も得られないのだ。周作にとってもお美耶にとっても、浅利家の台所だけが食物のある唯一の場所ではないか。

「どうしても、家を出ねばならないの」

お美耶は、心を鎮《しず》めて周作の意中を理解しようとつとめはじめたようだった。

「あなたには世間のこわさがわからない」

「そんなものは、わかる必要はない。わかれば人間、なにも出来ないだろう」

「飢え死するわ」

「そこまでの覚悟はできている。だからお美耶にまでそれを強《し》いようとは思わない。そなたは浅利家の家付きだ。わしが離縁を受けて去っても、またたれか、よき門人がそなたの婿になるだろう」

「いやだわ」

といったが、お美耶の声は弱々しい。周作が去ったとなれば当然かわりの婿が来るであろう。お美耶の人生には、感傷さえ捨てればなんのひびも残らないのである。

（だからあなたは去ってもかまわない、とは言えないわ）

お美耶は冷静になるにつれて、ひどく現実的な心境になっていた。

「でしょう？」

「なにがだ」

「はいそうですか、と私が言えますか。縁あって夫婦になったのだから」

「その縁がまちがっていた。そなたにとってわしはふさわしい婿ではなかった」

「連れ添ったころまでは、あんなにおとなしいひとだったのに。周作殿はまるで養子になるためにうまれてきたような人だ、と親戚の誰彼も言っていました。天魔に魅入《みい》られているとしか思えない」

「そう思ってくれてもいい。地金《じがね》が出た、と思ってくれてもいい。とにかくわしを天涯の果てへ追いやってくれ」

「厭《いや》」

お美耶は周作の胸に顔をうずめて泣きだしたが、すぐ泣きやんだ。もはや運命にあきらめている様子でもあった。周作の胸の上で頰をほころばせながら、

「おかしい」

と、忍び笑った。夫婦になって以来、いつも水と油が融けあわぬようなもどかしさを双方が感じつづけてきたが、別れるという今になってはじめてたがいに心の触れあう言葉のやりとりをしている奇妙さにお美耶は気づいたのである。

(やはり縁のない人だったのかもしれない)

お美耶は無意識の所作らしく、しきりと周作の胸もとを指で掻きつづけていたが、

やがてその指をつぼめた。

胸毛を、抜きはじめた。

庭の草でも抜きとるようにいこじになってむしりつづけている。

（残酷なことをする）

周作は痛くもあり可笑しくもあったが、懸命にこらえ、お美耶のなすままにまかせた。

「一本も、無くしてしまう」

と、お美耶は、涙のかわいた眼をあげて笑った。周作の胸に血がにじみはじめたが、お美耶は平気でこの作業をつづけた。

「奥州の人というのは毛深いのね」

「蝦夷《えぞ》の血をうけているのだろう」

この会話は、双方に思い出があった。初夜の床のなかでも、お美耶はそう言い、周作はそう答えた。二度目であった。

が、どちらもそのことは言わない。お美耶はその作業に熱中し、周作はその痛みを懸命にこらえつづけた。

二

翌朝、陽が昇るまで周作は、浅利又七郎に言われたとおり、畑のなかにすわりつづけていた。むろん、お美耶は夜半に帰ってしまっている。

農夫の影がいくつか朝靄《あさもや》のなかに動きはじめたころ、周作はやっと桑畑のなかから立ちあがり、体を馴らせるためにあぜ道を踏んで屋敷から遠ざかりはじめた。

陽が昇りきったころ、屋敷へもどり、井戸端で顔を洗い、口を漱《すす》ぎ、そのあと桶に唇をつけて一升ばかりの水を呑んだ。

そのあと、居室へ入った。

両刀をはずし、着物をぬぎ、それを畳んだ。両刀も着物も浅利家で整えてくれたものので、出るとなればかえさねばならない。

やがて、以前に着ていた赤茶けた綿服と継ぎはぎのある袴をとりだしてそれを身につけた。

蠟色鞘《ろいろざや》の大小も、二ところばかり剝げ落ちて木地がみえている。

(お美耶は、どこへ行ったのかな)

姿が、見えない。気になりながら縁側に出て小者をよび、耳盥《みみだらい》を用意させ、ひげを剃らせ、髪を結わせた。

そのあと、立ちあがって廊下へ出、浅利又七郎の居室に行った。

浅利又七郎は、すでにお美耶から一切をきいていたらしく、周作がそういう姿で入ってくることを予期していた様子だった。

「すでにお美耶からおきき及びのことと存じまする。周作は御当家の婿にふさわしくござりませぬ。身勝手な仕儀ながら離縁してくだされまするように」

と、頭をさげた。

浅利は、にがい顔でうなずいた。

周作はわずかに膝をすすめ、一刀流皆伝に関する目録書、印可《いんか》の短刀一口《ひとふり》を浅利又七郎に返上した。

浅利は、それを受けとり、

「伝書の内容《なかみ》はゆめ余人に洩らすでないぞ」

と、とげのある声でいった。

周作は返事をしなかった。伝書一切を返上し、師弟の縁も切れ、何の資格もない一介の浮浪剣客におちた以上、なにをふるまおうと自由ではあるまいか。

「ほかになにもいうことはない。もうこれ以上、そちのような忘恩無節義な人間の顔を見たくはない。早々に立ち去るがよい」

言われるまでもなく、そのまま周作は勝手口へ出、そこから立ち退《の》いた。身分のない庶人が、玄関から出るわけにはいかないのである。

周作は往還へ出るべく畑道を歩きはじめたとき、ふとふりむいた。

裏の榛《はん》の木の下で、お美耶が立っているのが、小さくみえた。

周作は、あわてて顔をそむけ、他家の土蔵ぎわの小道へ身を寄せて行って、やがてお美耶の視野のなかから影を消した。

千駄ケ谷

一

離縁になって戻ってきた周作をみて、父の幸右衛門はさすがにおどろいたらしい。

（周作め、いざとならばやりおるわ）

　とおもいつつも、

「このさきどういう算段がある。うかうかすると飢えて死ぬぞ」

「食うことでございますか」

「そうだ」

　こうとなれば、周作のほうが世間知らずだけに落ちついている。

「地を走る犬猫や空を飛ぶ雀でさえ食っています。人間が食えぬことはございますまい」

「ばかだな、犬猫なればこそ食えるのだ。同じ生きものでも、人間はなまじい箸をつかっている。人間が箸を使うようになってから、食うことがむずかしくなったのだ」

「またあんな法螺《ほら》を」

「法螺なもんか。手づかみで物を食う乞食は食えているが、箸で食い物を食ういっぱしな暮らしというものはなかなか成り立たぬものだということをいっている」

「当分、手づかみで食ってみます」

「周作、乞食をやるのかえ」

　幸右衛門は、さすがにどきりとしたらしい。

「まあ、覚悟だけは」

「また旗本の奉公口でもさがしてみたらどうだ」

「あれはいやです」

あんな卑屈で、没理想的な世界にいるくらいなら、乞食のほうがどれほどましだかわからない。

「江戸中の道場を一軒一軒破って行けば、なんとか暮らせるのではないでしょうか」

「江戸中の道場を」

幸右衛門は息をのんだ。が、やがてまじまじと周作をみて、

「おまえもおれに似て法螺吹きになったな」

といった。

江戸の道場は、周作の晩年の幕末になると流儀五百、道場の軒数三百という隆盛をみるにいたったが、当節はまだ百軒程度でしかない。それにしても百軒を軒《のき》なみに破るなどという、思いつきだけでもそんなことを考えた者はいない。

「周作、やるか」

幸右衛門は、感きわまったように叫んだ。

「そのかわり周作」

顔をひたひたと周作に接近させてきて、

「命はいつかおとすぞ。それでもよいか」

「覚悟の前です」

「いい男になった。おれがお美耶なら惚れなおして追っかけて来るところだ」

周作は数日、幸右衛門の家にいたが、やがて江戸をめざして発った。めざす、といっても、江戸川を越えて葛飾《かつしか》の野を歩けば、もうそこは江戸である。

嚢中《のうちゅう》、幸右衛門がくれた一分銀七枚と銅銭二十枚だけが、かれを飢えから保障してくれる唯一の財産だった。

とりあえず、わらじをぬぐめあてだけはある。千駄ケ谷の植木屋であった。

家号は、「植甚」という。

——まあ、親戚同然と思え。

と幸右衛門がそう断言したが、あやしいものであった。幸右衛門は「植甚」へ飛脚便を出して、周作が訪ねてゆくからよろしく頼む、と申しやってあるのだが、親戚同然、などはうそである。

縁は薄い。

薄いどころか、血縁もない。

周作が出発したあと、幸右衛門の助手をしている長男の長右衛門が、

「植甚とわが家とは、どんなつながりでございますか」

と、念のためにきくと、幸右衛門は頭をかいて、

「それが無いのさ」

とばつの悪そうな顔をした。植甚といえば江戸でもきこえた植木屋で諸大名や旗本にも出入りしている。いわばその道の老舗《しにせ》なのだ。

幸右衛門が頭を掻き掻き物語るところによると、植甚の先々代が養子で、それが奥州なる陸前《りくぜん》栗原郡荒谷《あらや》村から出てきて「植甚」に奉公し、人柄を見込まれて婿養子となった。

要するに、先々代が、幸右衛門の村から出てきた男だ、というだけのつながりである。

「その先々代は生きているのでございますか」

「死んだろうよ。大《たい》そうな昔だ」

「驚きましたな」

おとなしいだけが取得の長右衛門は、弟の周作がなにも知らずに、親戚だ、といって「植甚」をたよってゆくのかと思うと、あわれでならない。

「父上も、悪戯《いたずら》をなされます」

「悪戯なものか、おれも真剣だ」

江戸で宿《やど》もなく身もと保証人もないとなれば周作も身動きがとれない。幸右衛門は思案に思案をかさねたあげく、「植甚」を思いだしたのである。

「父上は、植甚を御存じでございますか」

「知るものか。おれも村にいるころ、伝説《はなし》できいていただけだ」

「よくまあ、それだけで」

「わるいかね」

「悪いとは申しませぬが」

「長右衛門、そう固いことを言うな。周作に運があれば植甚は親切にあつかってくれるであろう。持借家《もちしやくや》の一軒もただで貸してくれるかもしれない。江戸になんのつながりもないわれら奥州者が、なんとか江戸に食いつこうとするには、毛ほどの縁にもすがらねばなるまい」

二

「植甚」は、千駄ケ谷八幡宮の東どなり、紀州家下屋敷の北塀に隣接している。二千坪ほどの土地にびっしりと各種の庭木を植えこみ、職人を二十人ばかり使っている家で、当主甚兵衛の様子にも、植木職というより大店《おおだな》の旦那といった威福がある。

それが飛脚の便に接して驚いた。

「千葉幸右衛門？」

差し出し人は、文字も達筆で、暢達《ちようたつ》な文章を書き、措辞《そじ》もなかなか丁重をきわめたもので、尋常な人物でないことがわかる。

(はて、思いだせぬな)

思い出せぬのも当然なことだ。三代前の甚兵衛、つまり当主の祖父はなるほど陸前栗原郡荒谷村からきた人だとはきいているが、当代の甚兵衛がすでに五十年配になっている。祖父は三十年前に死亡しいまでは顔さえ覚えている者がすくない。

「妙なことになった。祖父と同郷でしかも血つづきだったという仁《じん》を、厄介《やつかい》(食客)

としてお世話しなきゃならなくなるかもしれねえ」

と、この夕、家人をあつめて言った。

しかしそれが果してこの手紙にあるとおり、先々代の親戚であるかどうか。

「祖父《じい》さんは死ぬ前に出里《でざと》の村のことなどをずいぶん講釈していたそうだが、おれはちっともおぼえちゃいねえ」

「池尻《いけじり》にきいてみたら？」

と、女房のおこうが知恵を出した。ついその先の池尻で祖父の末子が、やはり植木屋を営んでいて、いまは隠居をしている。六十をすぎたばかりでまだもうろくもしていないし、ひょっとしたら、なにか聞き覚えているかもしれない、というのである。

夫婦そろって好人物、ということになるだろう。こんな一片の手紙に大さわぎしてついに池尻まで人をやることになった。

聞き役は、おのぶという末娘がひきうけることになり、翌朝、下男をつれて池尻まで出かけた。

昼すぎに帰ってきて、

「千葉、という話をきいたことがある、と池尻のおじいちゃんは言ってるわ」

といった。

池尻の隠居も思いだすのに大汗をかいたようだが、とにかく先々代甚兵衛はこう語っていたことがあるそうだ。

「村には郷士もいた。ずいぶんと逼塞《ひっそく》していたが、遠祖は下総《しもうさ》の千葉氏から出たそうだ。下総の千葉氏といえば坂東八平氏の一つで、頼朝公の鎌倉御開府をたすけ奉った千葉介《ちばのすけ》で有名だよ。紋所《もんどころ》は、弓張月が北斗星をかかえている月星紋《げつせいもん》。この荒谷村の千葉家にも北斗星を祀る妙見宮があってな、縁日には村中が詣ったものさ」

そんなことを言っていたらしい。

「それだ」

甚兵衛は、うれしそうに手を搏《う》った。

女房のおこうも自分の知恵が図星だったものだからにこにこしていたが、おのぶは若いだけに妙な顔をした。

「変だわ」

「なにが変かな」

「だって曾祖父《ひいじい》さんが陸前の村を出てきたのはいくつの時なの」

先々代は伍助といったらしい。どういういきさつからか仙台藩の片倉某という武士に可愛がられ、その片倉某が勤番で江戸に出てくるとき、中間《ちゅうげん》として供をし、江戸に出た。そのときが、十六歳だったという。江戸に出るとすぐ主人にわけを話してこの「植甚」に奉公したらしい。

「十五六のころだろうな」

「いま生きていたらお幾つ？」

「九十は越えている」

「じゃ、九十のおじいさんの知りあいならやっぱりそのくらいでしょう？　そんなおじいさんが、よぼよぼの足で杖をひいて、はるばる奥州から江戸まで歩いてこれるものかしら」

「おのぶ、いいかげんにしろ」

甚兵衛はつねづね、この末娘の奇妙な頭の働き方に手を焼いているらしい。

「たれが、曾祖父と年格好のお人が来るといった。代《だい》も人もちがうえ。そのお人は先々代の血をひいている、というだけのことだ。なにも墓場から化けものが出てくるような話じゃねえ」

「あ、そうか」

おのぶはしばらくぽかんとしていたが、やがて自分の勘違いに気づいて、畳にころがって笑いだした。

「馬鹿野郎、手前で失策《しくじ》って、笑ってやがる」

甚兵衛は、にがい顔でいった。

「お父《とつ》つぁん、そのひと幾つ？」

「二十三四らしい」

「おかしいわ」

「なぜだ」

「若い、ということが」

「まだ言ってやがる」

おのぶは自分で想像して自分の想像に可笑しがっている。要するにおのぶにすれば、「植甚」の家の神代《かみよ》のような大昔の世界から、にわかにひとりの白髯《はくぜん》の老人が降《こう》臨《りん》してくるのである。その老人が老人でなくて二十三四の若い男、というのが、またおかしいのだ。

「おのぶ、もうおやめ」

おこうが、娘のとめどもない笑いに眉をひそめた。もう嫁入りを考えねばならぬ年頃というのにこの躾《しつけ》なさはどうであろう。

「おやめったら」

「じゃ、背を叩いて」

おのぶは、息の下から言った。背でもどやしつけないかぎり、いったん笑いだした笑いは、この娘の場合とまらないのであろう。

「やはり、植木職になりたいというの？」

「いや、このお人は剣術使いだ。しかも一刀流の皆伝という途方もないお人らしい」

その伝書を返上した、とまでは幸右衛門は書きづらかったにちがいない。

「お武家様？」

おのぶは顔をあげた。あまりの意外さで、笑いがとまってしまった。

「郷士の子だからな。しかし何様にも仕官なさっていない御様子だから、御浪人と申しあげるべきだろう」


周作は、黒鍬《くろくわ》町のほうから入ってきた。

千駄ケ谷といえば渋谷のうちだが、はたして江戸府内に入るのかどうか、江戸の者さえ明確な知識をもっていないであろう。現に付近の穏田《おんでん》がはっきりと府外、ということになっている。

植木屋の多い土地だ。田園のあちこちに営業用の樹木がむらがっており、植木屋以外の町家というのは、ひどく少い。あとは武家地である。小旗本の屋敷が数軒ある。

周作は下道通りに出て南へ折れ、右手に田園を見ながら歩いた。畑が多いのは、江戸市中の蔬菜《そさい》の供給地になっているのであろう。

「植甚なる植木屋はどこでござるか」

と、まれに通りかかってくる町家の者をつかまえて聞き、聞きながら歩《あゆ》むうちに、千駄ケ谷八幡の森がみえてきた。鳥居と伽藍《がらん》が同居している。伽藍のほうは八幡社の別当寺《べっとうでら》である瑞円寺だという。

そのむかいに紀州下屋敷がみえ、その樹林と八幡社の樹林とが梢《こずえ》をかさねあい、ちょっとした森林の風景をなしていた。

その「森林」のそばに、やや梢のひくい小森林がある。

(あれが植甚ではあるまいか)

行きついてみると、はたしてそうだった。

想像していたよりもはるかに裕福そうなたたずまいである。町人の分限《ぶげん》として門などはないが、それでも柴垣を結《ゆ》いまわし、黒木の門柱を二本植えこみ、門まがいの様子をしつらえてある。植木屋も「植甚」ともなれば諸侯の造園師のような存在だから、それらしく数寄《すき》な風情《ふぜい》をみせているのであろう。

（富豪の寮のような家だな）

周作はそう思いつつ、笠をぬぎ、敷地のなかに入った。商売物の庭石が、樹木の間にころがされており、苔の産《む》したものもあればそうでないものもある。

樹間の径《みち》を歩くうちに、二棟、棟つづきの建物が見えた。右の一棟がひくい。その低いほうの棟の前に、娘がいた。

娘は、銀木犀《ぎんもくせい》の葉の茂りのむこうでちらちらと動いていたが、周作を見つけたらしく、小さな叫びをあげて屋内に駈けこんだ。

（娘がいるのか）

年頃だから、周作は無関心ではいられないが、そういう自分を叱りつけもした。

おのぶは屋内にかけこみ、息をはずませて周作の来着を母親に告げた。

「雲をつくような大男よ」

と、それがまた可笑しいらしい。けろけろと笑いながら、

「やはり、九十じゃないわ。色がわりあい白くて、髯《ひげ》の剃りあとが真《ま》っさお」

「そんなにじっと見ていたの」

「まあね」

おのぶは自分の部屋へ引きとろうとするのを母親がおしとめ、茶をお持ちするよう

に命じた。

「お茶?」

娘とは妙なものだ。あれほどはしゃいでいたのに、人変わりしたほど緊張し、唇をツとつぼめ、ひどくしとやかな表情になった。

周作は、土間で足を洗い、主人甚兵衛の案内で長火鉢の置かれた間に案内された。さすがは町家で、これほど大きな結構をもっていながら、客間というものがない。

(これが植甚か)

笑い皺《じわ》の深いやせた色黒の男で、日照りの下で働く男らしく齢《とし》にしてはきりっとひきしまった体を持っているが、物腰も言葉づかいも職人風でなく大店《おおだな》の旦那の風があり、その点でも周作の想像は裏切られた。

植甚も、諸方の屋敷に出入りしているだけに人を見る目はあるらしい。それに稼業がら、植木を鑑別するようなぐあいでつい人を見る。

(これあ、千に一つの名木だな)

と、ひと目見て周作をそう鑑別した。

周作は、手みじかにあいさつしたまま、それっきり骨太い体軀を端座させたまま黙りこくっているのだが、かといって重苦しい印象はなく、一芸に達しつつある剣客らしく、舞いの名人などに見られるような一種のかろみと爽やかさが、この若者にある。

（気に入った）

と思ったとたん、甚兵衛は、手紙のこと、池尻の親戚のこと、先々代のこと、そうしたことを自分から喋りだし、

「遠縁とは申せ、あなた様のお体の血が、手前どもにも流れているのでございます。手前どもも、遠縁に、歴とした下総千葉氏の流れを汲む奥州の郷士がある、というのはひとにも吹聴《ふいちょう》したいほどの名誉でございます。どうぞご自分の家と思召《おぼしめ》してお気の済むまでご逗留《とうりゅう》くださいまし」

「わずかな御縁を頼ってあつかましくも参りましたこと、恥じ入ります」

周作はやっとそんなあいさつをしたが、人のいい甚兵衛はそれ以上言わせまいとするらしくあわてて手をふったとき、おのぶが茶を捧げて運んできた。

「手前ども末娘にて信《のぶ》と申します」

甚兵衛が言ったとき、周作はほんの一瞬ながらおのぶを見た。

頬に雀斑《そばかす》のある、色白な娘である。それ以上は顔を伏せているからわからないが、小作りな体全体の動きに一種のリズムがあって、それがひどく可愛い。

（おれなどが、見たことのない娘だ）

周作は、茶をすすめるおのぶの手首の動きに、一瞬、見惚れる思いがした。

おのぶは最後に一礼し、そのあと、思わぬ大胆さで周作の横顔をじっとみた。まるで好奇心に満ちた童女のような熱心さで、周作を見つめたままなのである。

周作は気づいているが、かといってそういうおのぶを見返すわけにはいかない。

「…………」

と、おのぶがついに何か言い出しかけたとき、先刻から気づいていた父親の甚兵衛はたまりかねたのだろう、横をむくなり途方もない声で一喝した。

おのぶは飛びあがって退去してしまった。

道場破り

一

おのぶの見るところ、この植甚《うえじん》の家のやっかいになった若侍は、よほどの偏屈者であるようだった。

おなじ屋敷のうちにいながら、周作はおのぶに口もきかないのである。

「といってべつに悪人ではなさそうよ」

と、母親にいった。言うことが極端であった。

「悪人？」

「ええ」

「あたりまえじゃありませんか」

母親も、この物事に弾《はず》みすぎる心をもった娘には手をやいているらしい。娘は、周作の存在がめずらしくてたまらないのだろう。

とにかく周作は、毎朝、庭さきなどでおのぶが、おはようございます、と声をかけても、

「ふむ」

と、うなずくだけである。なにか考えごとをしているらしい。ときどきあわてて笑顔をむけ、取ってつけたような会釈《えしやく》をかえしてくれるときもあるが、たいていは仏頂《ぶつちよう》面《づら》だけで済ませてしまう。

(変なひと。無視してやる)

と何度もおもうのだが、周作の雄偉な骨柄《こつがら》、ぎょろりとした眼、青々とした月代《さかやき》の若々しさ、それに笑うとひどく子供っぽくなる笑顔など、どの部分をとっても、おのぶには無視できそうになかった。

——なにか世話を焼いてやろう。

とおもっても、周作は他家に奉公したり、剣術道場に住みこんだりした経験があるため身のまわりはすべて自分でやるし、それも手早くて要領がいい。

朝も、おそろしく早いようである。まだ星が消えぬうちに起き、庭に出て形《かた》の稽古をしたり、木刀や竹刀《しない》を振ったりしている。

形の工夫をしているらしい。

ときどき考えこむ様子で、木刀を止《と》め、樹間で佇立《ちよりつ》している。

やがて動く。その動く影が、庭木の青さに映《は》えて、絵のように美しい。

周作のそういう姿を、おのぶはいつも部屋のなかから、木間《このま》越しにみていた。剣術のことはわからないが、

（なにか舞いのような）

そんなふうな美しさを感じている。

植木屋の朝はいそがしい。

下職《したしよく》が、二千坪ほどの敷地にびっしり植わっている樹々に水をかけてゆくのだが、周作の影はその打ち水に追われるように刻々移動してゆく。午前中、周作はそんなふうにしてすごし、午後になるときまって出てゆくのである。

（どこへ行くのかしら）

おのぶは、周作が、千駄ケ谷界わいの剣術道場を見てあるいている、ということを、ずいぶんあとになって知った。

余談だが、見てあるく、といっても道場を訪ねるわけではない。

剣術道場というのは、他流の者からのぞかれないために窓に紙をはっているところ

も多く、道場によっては窓下に人がたたずむこともきらった。だから周作はさっさと通りすぎながら、竹刀や木刀の音、それに矢声《やごえ》をきくだけのことだった。その程度のことで、

——この道場は、できる。

とか、

——これはだいぶ技倆がおちる。

などということが、周作にはわかるらしい。

とにかくそんな日課である。おのぶには周作が、なにをもくろみ、毎日何をしているのか、さっぱりつかめなかった。

あるとき例の池尻、植甚の親戚である——そこへおのぶが使いにゆくことになり、昼前に髪を結いなおし、午後から出かけた。

ところが日が暮れてもおのぶが一向に帰って来ないため植甚の夫婦は心配になり、人を迎えにやろうとした。

「拙者が、迎えに参りましょう」

無愛想者の周作がすらりと言い、さっさと身支度して出て行ったのは、やはりやっかいの分際として、（そんな仕事でもせねば）と人なみに思っているのであろう。

周作が出て行ったあと、

——あのひとに行ってもらえば安心だ。

と、植甚はほっとした。植甚が心配したのは、池尻から千駄ケ谷の「植甚」までのあいだに津田越前守という寄合席の旗本屋敷があって、その屋敷の中間部屋《ちゆうげん》でときどき折助賭博《おりすけ》がある。その日は二三十人の折助が屋敷に出入りするため、夜陰、門前を娘が通るとろくなことがない、ということがあたまにあったからだった。

周作は、紀州屋敷の北塀を東へゆき、内藤宿《ないとうじゆく》六軒町の通りを横ぎってまっすぐに池尻へ行ったが、おのぶに出会わなかった。

おのぶは、池尻の下男に送られて町家や小屋敷の多い道を選んでまわり道し、周作と入れちがいに帰ったのである。

家にもどってからおのぶは、

「千葉様が？」

と、周作が迎えに出かけてくれたことを知り、

「じゃ、もっと池尻に居ればよかった」

と、くやんだ。

そのときは、それだけでおわった。それから数日しておのぶは味を占め、加藤伝八

郎という旗本屋敷に使いに行くとき、

「千葉様にお迎えをおねがいして」

と、母親にせがんだ。

結局、そうなった。

周作は、天竜寺門前の水茶屋までむかえにゆき、そこでおのぶと落ちあい、そこから戸田越前守下屋敷の南塀に沿って歩き、下道通りに出た。

まだ陽はある。

「うれしい。あすになれば、千駄ケ谷じゅうのうわさになるわ」

と、おのぶは、履物《はきもの》をきしませて言った。

「なにが噂になるのかね」

「植甚の娘が」

「ふむ」

「若いお侍と歩いてた、ってこと。あたしは、このかいわいではすこしは知られた娘なんですから」

(そうだろうな)

と、周作はおもった。おのぶほど、娘っぽい娘を、周作はみたことがない。

「もっとゆっくり歩いて」

おのぶは、周作を従兄《いとこ》のようにおもっているらしく、ぞんざいに言った。

「日が暮れるとこまる」

周作はかまわずに歩いたが、おのぶもかまわずに足を遅らせた。結局、周作は辻々で待たざるをえない。

待つ間も、ぼんやり考えている。このところ、ただ一事について周作は考えつづけていた。

流儀の名称についてである。

（よい名称はないか）

すでに中西派一刀流の伝書を返上して破門の身になった以上、その名称は用いることができない。

他流試合をするばあい、当方の流儀の名称がないとこまるのである。

周作はすでに当代のいかなる流儀とも異った剣術思想と体系をいだくに至っているために当然新流儀をおこすべきであったし、またそのつもりでいた。

それには、名称である。

「なにをお考え？」

おのぶはのぞきこむようにいった。

「いや、なにも考えてはおらぬ」

「いいえ、考えていらっしゃいます。お故郷《くに》のこと？」

「ではない」

「じゃ、おのぶのこと？」

軽く冗談をいってみたつもりだが、周作は意外な反応を示した。

「――なにか」

と、妙な顔を作ってみせ、立ちどまったのである。その上で、いった。

「あなたについて考えねばならぬ心配ごとでもあるのか」

(――田舎者)

と、おのぶは、周作のそういう言葉のやりとりの鈍さにあきれたが、しかし、軽蔑する気にはなれない。おのぶはおのぶで、周作のような思索的な表情をもった若者の存在を地上で見たのは、うまれてはじめてだったのである。

「いいえ、心配ごとなんぞありません」

「そうだろうな」

周作は、もうおのぶの存在を忘れたような顔つきで歩いてゆく。

半町ばかり歩いてから、周作は用意の提灯《ちょうちん》に灯を入れた。

すでにあたりは暗くなりはじめている。

「故郷のお屋敷には妙見様がおまつりしてあったのですってね」

「よく知っている」

「妙見様って、あの星でしょう？」

と、おのぶはうしろをむき、代々木の十二社権現の森の上に出ている北斗七星をゆびさした。

「ああ、あの北辰《ほくしん》だ」

と、周作はうなずいたとき、新流儀の名が電光のようにひらめいた。千葉家は北辰を祀る家である。それに周作が、義祖父の吉之丞、父の幸右衛門から受け継いでいる家伝の兵法は、
北辰夢想流
であった。

(されば北辰一刀流とすればよいではないか)

すらすらと脳裏でそうまとまった。ごく自然で、なんの芸もない。一刀流とつけたのは周作が、伊藤一刀斎を流祖とする小野派一刀流、中西派一刀流を学び、それが新

流儀の骨格になっているからである。

(厭味がなく、すらりとしている。その点でも自分が拓《ひら》こうとしているあたらしい兵《ひょう》法《ほう》の境地にぴったりしている)

この流儀の名称について後日譚《ごじつだん》がある。当時、剣の玄人《くろうと》仲間から、

——剣の日本一は世に派手だたぬ存在ながら、中村一心斎を措《お》いてないのではないか。

とうわさされていた富士浅間流《せんげんりゅう》の流祖中村一心斎が、人のはなしに「北辰一刀流」という流名をきき、その流名をきいただけで、

「天下広しといえども、この一流に及ぶものはない」

と絶賛したといわれる。余談ながら周作はこの一心斎と生涯相会《あいあ》う機会がなかった。

「どうなさったの?」

と、おのぶは、急に沈鬱な表情になった周作におどろいた。

「すこしだまっていてくれ」

周作は言い、おのぶに提灯を押しつけ、思案をつづけた。

やがて道が細くなった。それがあぜ道同然のせまさになり、目の前に千駄ケ谷八幡

宮の森が近づいてきた。「植甚」が近い。

「妙なことをいうようだが」

と、周作は「植甚」の柴垣のそばまできたとき、足をとめた。

「おのぶ殿は今夜、わが家神の妙見菩薩の化身《けしん》ではないかとおもった。わしは、おのぶ殿のことばによってさる大事に目がひらいた」

「まあ」

おのぶも、周作の真剣な声音《こわね》に気押《けお》されてだまった。

「流儀名を得た」

周作はさすがに昂奮しているらしい。

「どのような？」

「いや、いずれ、他人の口からおのぶ殿の耳に入る日が来るだろう。まだ自分の口からかるがると言いたくない」

（情の薄い。……）

とおのぶはうらめしくおもったが、兵法の流儀名などはまず神に捧げてからあらためて地上に誕生せしめるものであろうとおもいかえし、無言でうなずいた。

二

千駄ケ谷に、平田主膳という江戸でも高名な剣客が、甲源一刀流の道場をひらいていた。

甲源一刀流は忠也派《ちゆうやは》一刀流から出たものでその遠祖を伊藤一刀斎とし、その流祖を武州秩父郡小沢口村の郷士逸見多四郎義利としている。武州八王子で隆盛し、ちかごろは江戸でもところどころに道場がある。

翌日、周作はその平田主膳の道場をたずね、

「他流ながら一手ご教授ねがえませぬか」

と、試合を申し入れた。

主膳は、傲岸《ごうがん》な男だ。

「何流をおつかいなさる」

「みずから工夫して北辰一刀流と称しております る」

「聞かぬ流儀だな」

軽侮したらしい。ふつうなら、道場をひらいて門人を取りたてている道場主の場

合、他流試合の申し入れがあっても、

——他流儀との立ちあいは、当流の禁制《はっと》でござれば。

と取りあわないのがほとんどだが、平田主膳は周作をどう評価したのか、

「それにてお支度をなされ。シテ、立ち合いは竹刀でござるか」

「左様、竹刀で仕《つかまつ》りとうござりまする」

周作は道場のすみを借りて支度をした。

「参られよ」

と、道場の中央で、主膳がいった。周作はすすみ出て、竹刀をまじえた。

(名ほどの腕でもないな)

と、周作はむしろ相手の弱さにおどろき、勝つ意思をうしなった。勝つよりもこの立ち合いでなにかを得ようとした。

(おかしな剣だな)

と、主膳もおもった。

周作は平星眼《ひらせいがん》にかまえ、竹刀のさきを気ぜわしく震動させはじめたのである。

——鶺鴒《せきれい》の尾のごとく震はせり。

と、千葉周作の古伝にある。

こんな法は他流にはない。

周作自身が工夫したもので、兵法というものは対峙《たいじ》していると自然と切先《きっさき》が眠りがちになり、ついに死ぬ。切先を死なさず眠らさぬ用心はそれをたえず動かし、切先をもって相手を攻めつづけ、「出れば突くぞ、打つぞ」と応変攻撃の気を籠《こ》めて相手を押しまくるしかない、と周作はさとった。

——とかく切先、いらいらといらつくほどに利《き》かさねば、相手は恐れぬものなり。

と、周作はのちに門人に説いた。

この試合で、周作はその「鶺鴒の尾」がどれほどの効《こう》があるかを試そうとした。

すさまじい効があった。

平田主膳がいらだち起《おこ》ろう（攻撃に出よう）とすると、周作はその起《おこ》り籠手《ごて》をぴしりと撃《う》つ。

わざと浅く撃つ。深く撃てば一本になって試合が終了するからである。

「浅い、浅い」

と、主膳は叫びながらなおも仕掛けようとするが、ことごとく周作に先《せん》をとられ、面《めん》、胴、籠手とつづけざまに撃たれた。が、いずれも、ことさらに浅い。

「器用、器用」

主膳は咆《ほ》えて周作を嘲罵《ちょうば》するが、その実、周作のまわりをぐるぐるとまわるばかりで手も足も出ない。

その間《かん》も、周作の剣先はいささかも休まず、その震えのむこうに相手の剣理を見、わが剣の動きを他人の目で見、悠々と立ちはたらいている。

「平田先生」

と、相手によびかける余裕さえもった。

「されば深籠手《ふかごて》を一本つかまつります」

と予告し、右足を踏みだす気勢を示すや、主膳は籠手をまもるため反射的に下段《げだん》になった。撃てない。

周作は十分に計算している。わざと剣先を相手の左の陰《かげ》につけつつ、瞬時に飛びこんではげしく面を撃った。

「面」

と叫びつつ、剣先がふたたびあがり、狼狽した相手の出籠手《でごて》を、
びしっ
と撃った。深い。

その瞬間、周作は主膳の右手首の骨に激痛を残しつつ飛びさがり、いちはやく竹刀

をおさめ、

「ご教授ありがとうございました」

と声をかけ、面をはねあげた。

(このぶんでは、江戸の百道場をことごとく降《くだ》せるかもしれぬ)

思いつつ、汗もぬぐわずに平田主膳の道場を去った。

(まず、小手しらべである)

周作は、主膳の門人にあとをつけられることを怖れ、道をさまざまに変えつつ「植甚」の家にもどった。

源心房《げんしんぼう》

一

三月ほど経つと、千駄ケ谷から四ツ谷にかけての町道場は、

「千葉周作」

ときくだけで戦慄するようになった。

むろん、周作が破った道場は六軒でしかないが、噂がつたわるのである。

たいていの道場は、周作が試合をのぞんでも、居留守、病気、あるいは「当流の建てまえとして他流試合はできぬ」と申し立ててことわってしまう。そのときにはなにがしかの銀を包んでさし出すことが多い。

「ほんの、お袴の損料でございます」

というのが、先方の口上である。当道場までわざわざお越しくだされて、お袴のすそが擦り切れましたでございましょう、という意味だ。

若い周作には、こういう金はなかなか受けとりにくい。

「御無用になされますよう」

と、盆を押しもどしてさっさと立ちあがるが、玄関を出るまでに巧みに袖のなかへほうりこまれてしまう。

巧み、というが、先方としても周作が受けとる受けとらぬということは、大げさにいえば道場の安危にかかわることだ。「お袴の損料」を出すことによって、

――もう二度と来てくださるな。

という念押しをするのである。こんなとほうもなく強い手合《てあい》に何度も押しかけてこられてそのつど居留守をつかっていては、門人たちへの人気にかかわるのである。

秋も暮になった。

四ツ谷紀州屋敷の東、御堀に沿って赤坂へくだるほそい坂道を紀ノ国坂という。くだりきった左手に道場がある。

直心影流《じきしんかげりゅう》藤川派の道場で、荒稽古をもって江戸でも有名であった。

この道場に、まだ周作は来ていない。そのことが道場の門人のあいだで取り沙汰されたとき、

「おおかた、当流を怖れたのであろう」

と、道場主はいった。名は宮部源心房と言い、修験者《しゅげんじゃ》のような名をもっている。

戦国時代の兵法者は、宣伝の目的もあって人目をそばだたせるような一種異形《いぎょう》の風をこのみ、名も、異様な名乗りを用いたがったものだが、江戸時代の、とくに御府内に住む剣客はむしろ、人にめだたぬふうをこのみ、言動も粗豪をてらうようなふるまいはあまりしない。野暮をきらうこの都会の気風が、剣客をまでそうさせているのであろう。

その点、源心房という名は風変わりでありすぎる。名が僧名くさいくせに、容儀は

ちゃんと髪を蓄えて結髪し、服装も常人にかわらぬ俗体《ぞくたい》である。

そこが宮部源心房のねらいでもあったのだろう。大名屋敷や旗本などに招《よ》ばれて行ったときに、

「先生は僧名を名乗られるゆえ、お頭《つむり》もご衣服も法体《ほったい》をなされているかと存じたが、拝察するに尋常《つね》のご容儀であられるようだ。なんぞわけがござるのか」

と、ひとがきく、かならずといっていいくらい、人は不審をもつのである。そのとき宮部源心房は因州《いんしゅう》なまりのつよい言葉で、

「それがし、宮部善祥房の子孫《すえ》でござるゆえ代々僧名を名乗りまする」

とさりげなく答えて、ことさらに別な話題へ話をそらしてしまう。

「はて、宮部善祥房？」

と、その名を知らない者はききかえすが、この因州産の剣客はかるくうなずき、あとはそしらぬ顔をして、「宮部善祥房」の説明をしない。

質問者は自分の無知を恥じ、あとでひとにきくはずである。

すると覚っておどろくであろう。あとで知った驚きのほうが大きい。

宮部善祥房は、戦国末期、当時すでに珍しかった僧兵頭《そうへいがしら》出身の武将で叡山の寺領を押領して近江国(滋賀県)浅井郡宮部村に居城をかまえ、土地の小豪族としてなかな

かうるさい存在であった。それが中年をすぎて羽柴時代の秀吉に仕え、諸方の合戦で武功をあらわし、秀吉の出世とともに因州鳥取で二十万石の大大名にとりたてられた。

大名としての宮部家の寿命はみじかい。子の代になって関ケ原で西軍に属し、取りつぶされてしまっているからである。だから江戸期の武士でも、豊臣家の諸侯であった宮部の家名を知らない者が多い。

宮部源心房は、ことさらにそれを暗示するためにこんな名乗りをつかっている。宮部善祥房の家は、その子長熙《ながひろ》以来子孫が絶えているはずだが、そこまで人は詮索しない。

宮部源心房、齢は三十二。

「千葉 某《なにがし》など、当道場にくればこなごなに打ちくだいてくれる」

と、平素、門人に揚言していた。多分に虚喝《はったり》なところのある性格だが、実力は十二分にあり、少くとも千駄ケ谷から四ツ谷にかけての地域では源心房におよぶ術者はいないというのが定評だった。

単に虚喝だけではない。

なかなかの術策のもちぬしで、

——いずれ千葉が来る。

と予想し、来る以上は十分に用意してかかろうと思い、一策をめぐらせた。

二

ある日、千駄ケ谷の「植甚」のもとにひとりの武士が訪ねてきた。

周作には家来も門人もいないため、おのぶが出て応対すると、

「植田主馬《しゆめ》と申し、高崎の産の者にて、二三の流儀を学びましたが、いずれも心に叶《かな》いませぬ。先生のご盛名をうけたまわり、ぜひご門人のはしに加えていただきたく参上つかまつった者でござりまする」

と、いんぎんに来意をのべた。

おのぶは内心躍りあがってよろこび、周作の部屋に飛んで入ると、

「ぜひ千葉先生のご門人に、といって参りましたよ」

と、いった。おのぶにすればいよいよ周作が売り出しはじめた、とおもってうれしかったのであろう。

「どんな人です」

「顔？　痩せていらっしゃいますけど、へんにぬめぬめした光沢《つや》のある人です」

おのぶは、あまりその人物には好感をもてないらしい。この娘は好き嫌いがつよく、それだけに奇妙に初対面の人物の人柄がわかるようなところがある。

周作は近頃になっておのぶのそういう慧《さと》さがわかってきて、訪問客の鑑定は、もっぱらおのぶに頼んでいる。

(いやな奴は門人に取りたくないからな)

一流を興すには最初の門人の質が大事だ、と周作は信じ、その方針でいる。腕の素《す》質《じ》もさることながら、人物が大事だった。べつに大藩の藩士や高禄の旗本の子弟をとる、という意味ではない。ゆくゆく周作の師範代団として世間に活躍させるには、人物、器量が一流であることが望ましい。

だからいままで何人も入門志願者があったが、ことごとくことわっている。

「とにかく、通してください」

やがて植田主馬が入ってきた。

主馬は長々しくあいさつし、自分の前歴、剣歴などをのべたが、周作は合槌《あいづち》をうつのみで、ことばをはさまない。

(すさまじい面擦《めんず》れだ)

と、主馬の両鬢《りょうびん》の禿げあがりぶりをみておもった。眼《がん》のくばり、腰のすえよう、右手の籠手《こて》だこ、いずれをみても、ただ者ではなさそうである。

おのぶが、番茶をもってきた。すぐ立とうとしたが周作は押しとどめ、

「おのぶさん。すまないが、そこに私の袴がある。畳んでくれませんか」

といった。おのぶにあることを鑑定させようとおもったのである。

あとで周作は厠《かわや》へ立ち、おのぶを呼んで、

「私は奥州うまれだから他国のなまりについて鈍感なのだが、どうもあの仁《じん》が上州の高崎の者だといっているのがおかしい。おのぶ殿はどうおもいます」

あ、とおのぶもそのことに気づいたらしく大いそぎでうなずき、

「西国《さいごく》なまりがあるように思います」

といった。

周作は、庭さきで立ち合ってみた。

むろん周作はあしらう程度だったが、それにしても相手の動きがわざとらしい。剣《つ》欛《か》のにぎり方も固く、そこが固いために剣先にやわらかさが出て来ない。

（そこだけみればよほど未熟だ）

ところが腰の進め方、足の動きは、長い修練がかくせない、みごとなのである。

（この男、なにか企んできたな）

と見ぬき、大喝して一押しに押してから竹刀をひき、

「みあげたお腕だ。いずれかの流儀で皆伝まで進まれたはずだが、見込みちがいか」

「ご眼力、おそれ入りました」

と、これも植田主馬のあらかじめ仕組んだ手らしく素直に白状に及び、「自分は東軍流の皆伝を得ました」と、すでに廃れた古い流儀の名をもちだした。

（なんのたくらみだろう）

周作はそのことを考えつづけつつ、こちらも思いきって一策を施す肚をきめた。

「そうとわかった以上、ご遠慮なさることはない。存分に打ちこんできなさい」

「お言葉、恐れ入ります」

それからの植田主馬の変貌も、この男の予定の術策だったのだろう。矢声とともにすさまじく打ちこんできて、むしろ周作がたじろぐほどであった。

（なんと、みごとな使い手ではないか）

思いつつ体勢をたてなおし、たてつづけに面、胴、籠手《こて》、さらに面を三本とりそのあとわざと軽く隙《すき》をつくった。

つくった、とは見抜けないほどの隙で、敵に眼力さえあれば撃ちこみうる。

ぴしっ

と、周作の高胴《たかどう》が鳴り、周作の負けであった。さらに周作はあしらいつつ、ふたたび隙をつくって敵に面を撃たせた。ついで籠手を撃たせ、満身創痍になった。

「お出来になる」

と、周作は竹刀をひき、さっさと面をぬぎ、

「とうてい自分ごとき修行中の未熟者が、お教えできるようなお腕前ではない。他に師を求められるがよろしかろう」

と言い、ふたたび厠に立った。むろん厠へはゆかず、おのぶを呼び、

「下職《したしよく》の者で気はしのきいた者に、あの植田主馬のあとをつけさせてもらえまいか。おそらくしかるべき道場に帰ってゆくだろう」

と言い、席にもどって植田のあいさつを受け、丁重に玄関まで送り出した。

兵法《ひようほう》は、刀術だけのものではない。軍略の要素を多分にもっており、周作は相手の詐術を見ぬきつつ、むこうの策を逆手にとってこちらの策をほどこそうとしたのだ。

わざと負けたのは、

――千葉周作は評判ほどもない。

という油断を相手にあたえ、他日に備えたのである。

夕刻、あとをつけて行った下職の千次というのが駈けもどってきて、いきなりあやまった。見うしなった、という。

「見失ったのは？」

ときくと、紀ノ国坂のあたりらしい。

周作は礼を言い、駄賃をくれてやった。紀ノ国坂のあたりなら直心影流藤川派の宮部源心房の道場しかない。

(宮部はなかなか軍師じみたことをする男ときいていたが、噂のとおりだ)

が、あれは宮部源心房そのものであるまい。門人か、と思った。

実は宮部の実弟で、宮部勘次郎と言い、宮部道場での代稽古をつとめている男である。

「さほどの腕とは思えませぬ。まずまず手前が三本立ち合って千葉がやっと一本をとる、というほどの程度でございます」

と、ありのままを報告した。

源心房は満足し、

「むしろ当方から千葉をよびにゆき、しかるべき検分役立ちあいのうえ打ちくだき、江戸にいたたまれぬようにするのが、斯道《しどう》のためだ」

　諸事、綺羅《きら》をかざることのすきな男である。周作に使いを出す一方、上州沼田三万五千石の土岐家《ときけ》の江戸屋敷に使いを走らせ、家老の菅沼治兵衛に検分を依頼した。

「それは当節、観物《みもの》だな」

　と、菅沼治兵衛も興《きょう》をおこした。

　じつは、源心房は、土岐家の指南役に推挙してもらえるよう、菅沼に運動している。

　余談になるが、この直心影流藤川派の派祖藤川弥司郎《やしろう》右衛門は土岐家の家士で、のちに藩主の奥向《おくむき》稽古に任じたため、一時は土岐家の剣術は藤川派一色になっていた。ところが寛政十年、この藤川弥司郎右衛門が七十二歳で没するとともに後継者がなく、土岐家の藤川派は退潮してしまった。

　いま幸い、土岐家に指南役が空席になっており、家老の菅沼は各流から適材を物色している。宮部源心房はつてを求めて菅沼に接近し、

「一時は、土岐家は藤川派をもって天下に鳴ったのでございます。それがしをもし士籍に加えていただくならば、その盛名をいま一度、世間にひびかせましょう」

　と、申し入れている。

その時期である。

宮部源心房としては、ここで千葉周作を相手にとることによって自分の芸のほどを菅沼治兵衛に知っておいてもらいたかった。

もっとも周作がこの試合のそういう裏面を知るようになったのはのちのちのことで、それを知ったとき、

(さても兵法者《ひょうほう》の世を渡ることのつらさよ)

と、わが道ながらも考えこんでしまった。

が、いまは知らない。

周作は、単身宮部の道場に臨んだ。

この若者は、この試合前に、直心影流藤川派について、不十分ながら調べはしていた。

もともと直心影流は、一刀流系とはまったく別の系譜のもので、松と杉のちがいほどある。遠祖は「新影流《しんかげりゅう》」の上泉《こういずみ》信綱とし、多くの変遷をへて元禄期に出た剣客山田一風斎《いっぷうさい》によって「直《じき》」の文字を冠した流名になり、さらに三派にわかれた。長沼派、藤川派、男谷《おたには》派である。

ひどく古い伝統をもつ流儀でありながら合理精神のさかんな伝統があり、変遷を経

るとともに剣理が新鮮なものとなり、新時代に十分に耐えうるようになっている点、周作の属する一刀流系統とよく似ている。

その点、流祖の剣理をあまりにも神聖視しすぎたために固陋なものになり、ついに後世衰微した柳生の流儀や、宮本武蔵の二天一流《にてんいちりゅう》とくらべれば、右の両系統が、いかに柔軟な発展をとげてきたかがわかるであろう。

しかも周作にとっておそるべきは、この流派が、「形《かた》」の修練専一のふるい修行法をすて、周作のまなんだ中西派一刀流とおなじく、早くから面籠手《めんごて》・竹刀《しない》をつかっての、

「稽古試合法」

を採用してきて、その歴史はもう数十年になる。だから、周作の強味とおなじ条件を、宮部源心房はもっているといっていい。

が、周作は不利がある。

(宮部源心房とはなにを得手《えて》とし、なにを不得手とする使い手か)

ということを、まるで知らないのである。

調査の方法もなかった。すでに浅利又七郎の破門をうけている以上、中西派一刀流の道場にききに行けもしなかった。もし出入りが自由なら、出身道場のたれかれにき

けば、あるいはたれかが知っているであろう。

周作は、その点でも、江戸の剣壇では孤児といっていい。

一方、宮部源心房のほうは、その実弟勘次郎を通じて周作の癖、構え、得意、わざ、などを十分知りぬいている。

げんに、源心房は勘次郎を周作とみたて、周作のわざをさせ、体のなかですでに千葉周作をこなしきっている。

(運を天にまかせることだ)

周作は、道場のすみにすわり、頭に汗どめの手拭いを巻きながら観念した。

異獣

一

敵の宮部源心房は、すでに面籠手《めんこて》をつけおわって、道場の東の座にすわっている。

「支度のおそい男だ」

と、宮部はかたわらの師範代の男にささやいた。周作のことを、である。

周作は、西の座にいた。

防具のひもを、たんねんな手つきで締めている。

(宮部をどの手でたたき伏せるか)

という思案が、まだきまらないのだ。だからことさらにゆるゆるとした手つきで、身支度をしている。

「どうした、千葉殿」

と、道場上座《かみざ》から、宮部源心房がからかうように声をかけた。試合作法のよい男ではない。

周作はそっぽをむいて、無視した。

(結局は、「天狗芸術論」でいう気というやつだな)

と、思案のあげく、そういう結論に達した。周作の読んだ剣術書は、宮本武蔵の「五輪書《ごりんのしょ》」など数種類におよぶが、享保《きょうほう》のころの大坂の剣客で丹羽十郎左衛門のあらわした「天狗芸術論」が、この若者にはもっとも得るところが多かった。周作のこの当時の流行書のひとつである。

「剣術者あり、曾《かつ》ておもへらく」

からはじまる名文の書である。それの巻ノ二に、こういう意味の言葉がある。

「一切の芸術」

という言葉からはじまる。芸術とは西洋でいう芸術《アート》よりも広範囲なことばで、絵画、芸術、碁将棋、遊芸までふくめている。

「一切の芸術、むろんこの芸術は、剣術だけでなく放下《ほうか》づかい（大衆歌手）から茶碗廻しまでふくめてのことだ」

と、天狗芸術論ではそう述べ、

「すべては、練習、鍛練でうまくなる。物の上手《じょうず》はみな修練によるものだ。しかしながらただの修練、ただの上手だけでは、ふしぎの現象をなすことはできない」

とある。ふしぎの現象、とは、天狗芸術論では、

「奇妙」

ということばを使っている。その「奇妙をなす」モトはみな、

「気なり」

と、この書物にはある。気こそみずからを支配し、天地の変化に順応しつつさらにその天地の変化をさえ、ついには支配できるほどのものだ、と説いている。

（宮部に勝つ工夫や区々《くく》たるわざを、あらかじめ考えて立ちあがる必要はない。気さえあれば。——）

と、周作は覚悟した。

そのとき、よほどいらだったのか、宮部源心房は竹刀をとって立ちあがり、するすると道場の中央まで進んで、

「どうなされた」

と、周作を見おろすようにしていった。

「はい、ただいま」

「早うなされよ。日が暮れるわ」

と、胴をゆすってわらった。これもこの男の威圧の手なのであろう。

周作は立ちあがった。

双方一礼し、電光のようなすばやさで、東西にわかれた。

間合《まあい》は、九尺である。

（あっ）

と、内心、宮部源心房がおどろいたことがある。周作の構えであった。

上段に剣をふりかぶっていた。偵察に行った実弟の勘次郎の報告では、

「千葉の構えは、一刀流常法の星眼《せいがん》を用い、よほど星眼が得意らしくいささかもこれを崩さず、しかも剣先をビクビクと鶺鴒《せきれい》の尾のごとく震わせます」

とあったはずではないか。宮部は周作のその星眼をたたきやぶるために、勘次郎を相手に十分な修練と研究を積んできた。それが一挙にむだになった。

周作は、巨軀《きよく》である。

剣を上段にあげると翼をいっぱいにひろげた巨鳥のようにみえ、そのままの姿勢で、重心を逆に下へ下へとさげつつ、宮部源心房を押してきた。

(いかん)

宮部は後図《こうと》を策すべく、飛びさがって構えを星眼から八双《はっそう》に変化させた。

(ばかなやつだ)

と、周作はおもった。宮部の剣術は技術万能主義らしい。こちらが上段で臨めば八双に変化する。

(無用のことだ、構えなどにこだわるのは)

というのが、周作のあたらしい技術論であった。古兵法がやかましくいう構えなど、周作にとってはどうでもよい。周作によれば剣を抜いたときにすでに流動変化のなかにある。構えにこだわる剣客は、この大原理がわからないのであろう。

「やあ」

周作は、誘いの気合をかけた。

が、宮部は動かない。周作の動きを未然に察するために面金《めんがね》のなかからしきりと窺《うかが》っている。

(その手は、もう古い)

剣術思想としてふるい。周作は嘲笑する思いで、宮部を見た。宮部は、構えは静《せい》、相手を窺うことを眼《がん》、それに応じて変化することを動《どう》、と、三体べつべつに考えているようである。周作にとってはこの三体は一つにすぎない。

「夫《それ》、剣は瞬息、心気力の一致」

というのが、周作が得た極意であった。それ以外にはない。

宮部は、あせりはじめたようである。

(この男、なにをやろうとしているのか)

宮部には、周作の企図、発動《おこり》が、まったくわからなかった。

周作は、企図を晦《くら》ましている。この晦ましは、周作がみずから工夫して得た秘法といっていい。

宮部の両眼を見ず、やや伏せて宮部の帯を見ている。見られている宮部にとっては、周作の両眼の焦点がどこに結ばれているのかがわからない。

(ついに来た)

宮部はあせったのであろう。八双を平星眼《ひらせいがん》に転じた。

その瞬間、周作は妙なことをした。上段を星眼になおすふりをして、ゆっくりと竹刀をむこうへ一文字に差しのばしたのである。

一種の心理的な誘いの手といっていい。単純なわざだが、周作のこの手に、過去何人かのかれの相手はひっかかってきた。ひきこまれるように相手は突きに出る。なぜ突きを入れたくなるのか、その心理的な理由はわからない。

宮部も、この手に乗った。体が動き、猛然と突きに出た。が、すでに剣が伸びている周作のほうに一瞬の利がある。

ずしっ

と、周作の右足が板敷《いたじき》を踏み鳴らしたとき宮部の突きが毛ほどの差で及ばず、逆に仕掛けられた周作の突きが、みごとに宮部ののどに入り、その肥った体を、まりのように飛ばしていた。

「突きあり」

と、検分役の土岐侯家老菅沼治兵衛がひややかな声で宣した。宮部は土岐家に仕官を運動中であるだけに、治兵衛のこの冷静すぎる態度が、すくなからずこたえたようである。

二本目は、手負《てお》い猪《じし》のように猛然と撃ちかかってきた。

（たかの知れた男だ）

周作はほどほどにあしらいつつ、四五合《ごう》、竹刀を撃ちあわせていたが、

「参る」

と叫ぶや、びしっと胴を撃った。撃たれても、宮部はなお周作の面《めん》を襲った。五度踏みこんだ。周作は身をひきつつ宮部の竹刀をカラカラと受けながしていたが、やがて機敏に摺《す》りあげるや、

「御免」

と、宮部の面を撃ちすえた。宮部は軽い脳震盪《のうしんとう》をおこしたのか、よろりとよろけた。

三本目は周作は、わざと気を抜き、籠手《こて》を空《あ》け、この道場主の面目を立てさせるために撃たせてやった。たれの目にも、それがわかっている。

籠手を撃たれるや、周作はとびさがり、一礼して道場の西すみにすわった。すばやく防具を解き、最後に胴をぬぎすてると、いそいで刀をひきよせた。

それほど、道場の空気は嶮悪だった。

「なるほど、二本はとられた」

と、東の座で、宮部源心房は高声でわめいていた。

「しかし当流は、形《かた》をもって流儀の軸心としている。竹刀撃ち合いに敗れたところで、当流の名折れにはならぬ」

(なるほど)

周作は伏し目になってすわりながら思った。古い流儀の者が、竹刀撃ち合いに負けるとかならず言う定《き》まり文句である。

「真剣でこそ、当流の真価がわかる。菅沼殿、ここのところをお含みくださるように」

「宮部殿、お言葉をつつしまれよ。念のため申しておくが、それがしは真剣試合の検分役に参ったのではありませんぞ」

菅沼は、もしここで事件がおきれば幕府や藩に対する自分の立場がわるくなる。そのことを怖れて、宮部に釘をさした。

「いやいや」

宮部は、菅沼に作った笑顔をむけた。

「ただありていに申したまででござる。真剣の撃ちあいならばあの若衆はいまごろあのように無事にはすわっておりませぬ」

周作は、奥州人によくある長いまつげを伏せて、このやりとりを聴いている。大藩の児小姓《こごしょう》のような行儀よさだ。

それをみて、宮部源心房はつい図《ず》にのった。

「悟りましたな」

と、宮部はいった。

「なにを?」

と、菅沼は相手にならざるをえない。

「北辰一刀流などと唱えているようだが、所詮は叩き剣術でござるよ。当流も」

と、そこで言葉を切った。当流とは、宮部の直心影流《じきしんかげりゅう》藤川派のことである。

「時流のひそみにならい、竹刀撃ち合いの稽古法をとって参ったが、きょうかぎりこれを廃《や》め、古法による形《かた》修行を専一にすることに肚をきめ申した」

「なるほど」

菅沼治兵衛は気のない声で合槌《あいづち》をうった。この土岐藩重役には、宮部源心房の肚の中がわかっている。宮部にすれば自分の敗北をたんに「竹刀撃ち合いの敗北」ということに限定したいのであろう。

（浅ましい）

ともおもうし、

（芸一本で身を立てている兵法使《ひょうほうつか》いというものは、こうもしぶといものか）

とも、思った。おなじ武士の格好をしているとはいえ、俸禄で身分と生活を保障されている連中とは、まるで性根がちがっているようである。

「みなも」

と、宮部源心房は門人衆にむかっていった。

「そう心得よ。当道場ではきょうかぎり竹刀・防具を焼きすて、あすよりも流祖直伝《じきでん》による木刀の形《かた》稽古を専一にするぞ」

二

周作は、竹刀・防具をかついで紀ノ国坂の宮部道場を出、坂をのぼりはじめた。

（まさか、白昼襲っては来るまい）

とおもうものの、あの宮部源心房の負けぶりの悪さからみれば、このままぶじに済もうとも思えない。

（あれが、兵法者だ）

と、周作は宮部源心房の狂態を汚いとは思わず、むしろその性根のすさまじさに畏敬をさえおぼえはじめていた。

「植甚」に帰ると、背のひくい老人が、縁側にぼんやり腰をおろしていた。着ているものはといえば、よごれきった縞木綿《しまもめん》の着物に、つぎのあたった股引《ももひき》をはき、瞼《まぶた》を垂れ、居眠るがごとくであり、考えごとをしている様子でもある。

（これは何者か）

ふと周作がそのまま通りすぎかねたほど、この老人はいい面貌《かお》をしていた。

「縁側にいるのは何者かね」

と、おのぶにきくと、

「与八っつぁんでしょう？　小仏峠《こぼとけとうげ》のキコリです」

「樵人《そま》か」

おのぶの父の植甚が、甲州境の山々に自然木を見にゆくとき、いつも案内してくれる老人らしい。

その夜、屋敷うちに適当な部屋がなかったため、与八老人は、周作の部屋にとまった。

無口な男だ。顔の造作、しわ、しみにいたるまで風化した孤巌を見るようで、いかにも深山で孤独なしごとをしている男にふさわしい。

数日、周作と同居した。

その間《かん》、与八はほとんど口をきかなかったが、たった一つ、妙な話をした。

「小仏のキコリ仲間では」

と与八がいった。

「知られている話だがね。あるキコリが山中で樹を伐っていると、妙な獣《けもの》がそばに寄ってきて、キコリをあざ笑った」

キコリが驚いてふりかえると、かつて見たこともない異獣なので、生け捕りにしようと思った。

ところが異獣には、人の心がいちはやくわかるらしく、

「おまえ、わしを生け捕りにしようと思ったであろう」

と、いよいよあざわらった。キコリは、覚《さと》られたか、とおどろくと、

「おまえ、覚られたか、と思ったろう」

と、異獣がいった。キコリはいちいち心中を見すかされるので、

（いっそこの斧《おの》でひと打ちに打ち殺してくれよう）

と思うと、異獣は、

「そら。殺そうと思った」

と、赤い口をあけて笑った。キコリはもうばかばかしくなり、こんな面倒な相手はうちすてておこうと思い、斧をとりあげて樹を伐る仕事をつづけようとした。

「あっははは、キコリよ、こう心を見透かされてはかなわぬといま思ったであろう」

異獣は勝ちほこっていったが、キコリはもう相手にせず、杉の根方に丁々《ちょうちょう》と斧をうちこむ作業に没頭した。

そのうち、斧の頭がゆるんでいたのか、ふりあげたとたん弾《はず》みで柄《え》から脱け、キラリと空《くう》を飛んで、異獣の方角にとんだ。

斧は、無心である。無心にかかってはさすがの異獣も、避けることができない。頭《ず》蓋《がい》を打ち砕かれ、即死した。

「その異獣、なんという獣《けもの》かね」

「サトリと言う獣よ」

与八老人の話は、これだけである。サトリという獣がどんな顔をし、どんな尻っぽをもった獣かは、与八も知らない。

「なるほど」

周作は深い感動をおぼえた。周作が生涯のうちでこれほど剣理の深奥《しんおう》に触れたはなしをきいたことがない。

(わが剣は、智剣であったかもしれない)

敵の来るべきを未然に察知して瞬時に制圧するのが剣というものだが、周作はその「察知」に智を用いすぎてきたようであった。

(剣客のうち下《げ》の下《げ》なる者はそのキコリだろう。いちいち企図を察知されるようでは問題にならぬ。なるほどサトリという異獣は敵の企図を察知する点、これはいい。この異獣が、いまのわしに相当している。しかし)

と、周作はおもった。

(剣客は、その斧の頭でなければならぬ)

この与八の話が周作の心の深部に根をおろし、次第に成長しはじめたころ、四ツ谷南寺町《みなみてらまち》の戒行寺《かいぎょうじ》の路上で事変がおこった。

斬りかけられたとき、敵が何者であるかがわからなかった。が、あとでわかった。直心影流藤川派の宮部源心房の徒である。

戒行寺門前

一

その日、周作は四ツ谷伝馬町のほうに用があって遅くなり、南寺町の坂をのぼりはじめたのは夜八時《いつつ》をすぎていた。

提灯《ちようちん》をひとつ。

灯をいたわりながら提《さ》げている。風がつよく、ときどき袖でかこって歩いた。

左手は、文殊院《もんじゆいん》、宗福寺、竜泉寺、西応寺、といった小寺がつづいている。

右手は戒行寺。

これは堂々たる山門をもち、練塀《ねりべい》を二十間《けん》ほどもつづかせた大寺《おおでら》である。

びくっ
と殺気を感じたのは、提灯の灯が風で揺れたときであった。瞬時、提灯から手を離した。

飛んだ。

周作が跳び去ったもとの場に、右肩から血を噴く死体が一つ残された。

（斬った）

という実感は周作にもない。ただ斬った証拠に、下段に垂れている切先《きつさき》から血がしたたっている。周作は戒行寺の練塀にわずかに身をもたせ、まわりの闇を見すえた。

（たれかが、そこにいる）

目の前の西応寺、竜泉寺の門の暗がりに、殺意をもつ人の群れが息づいているようである。周作はひくい声で、

「名乗りなさい」

と言ってから、場所を移動した。声をたよりに打って来られてはたまらぬとおもったからだ。

一方、周作は、息をととのえることに懸命だった。さすがに、いまの一瞬の激動とこの異変から受けた衝撃で、息があらい。

（しかし、おれもここまできた）

という思いが、襲ってくる恐怖を、幾分でもやわらげさせた。キコリと異獣と斧《おの》の頭の話でいえば、周作は「斧の頭」になった。先刻、殺気を感じたとたん、無心に刀のツカに手をかけ、振りかえりざま抜き打ちに斬って捨てた。斬った瞬間、地を蹴ってこの練塀へ移動して刀を構えた。構えるまでのあいだ、ほとんど忘我であった。恐怖もなかった。

恐怖は、身を移して刀を構えたいまの瞬間、意識をとりもどしてから、生じた。首すじの脈の血が、音をたてて流れている。

「出よ」

周作は、あせりはじめた。相手が物陰から路上に出てこないかぎり、周作は逃げることもできないのである。

路上はやや明るい。どの方角から天に、月がでているのであろう。

「私は」

と、周作はいった。

「千葉周作である。なるほど、遺恨は多少買っている。しかし闇討《やみうち》をするような相手とかかわりあったことはないはずだ」

びしっ
と、背後の塀に手裏剣らしいものが突きささったとき、周作は動顚《どうてん》した。不覚にも駈けだしてしまっていた。

その前後、前に三人、後ろに二人の人影が取りまいた。あっと思ったときは、相手の刃《やいば》が激しく動いた。周作は夢中で払いのけて、五六歩駈けた。胸から血が流れているが、そのことに気づいたのは、後刻《ごこく》である。

(受けるな、襲え)

と、周作は自分に命じた。相手の剣を受けていては後手後手《ごて》にまわり、ついには斬られてしまう。先《せん》、先、先と踏み入れ、打ち込み、襲いかかってゆく以外に、この場の自分を救う道はない。

一閃、手ごたえがあった。

が、おそらく薄傷《うすで》を負《お》わせたにすぎないであろう。相手の人数は減らないのだ。

「言えっ、名を」

周作の声が、狂気を帯びてきた。

相手はその狂気を、すでに周作が惑乱しはじめていると受けとったらしい。やや余裕《ゆとり》をみせて、

「宮部源心房先生の一門」

と前の影の一人がいった。その声に聞きおぼえがあった。宮部の実弟勘次郎ではないか。

「遺恨か」

「ではない。先日の試合、先生は竹刀で立ち合われたために不覚をとられた。直心影《じきしんかげ》流《りゅう》藤川派の太刀は竹刀叩きではわからぬ。さればあらためてわが流派の太刀筋を見参《けんざん》せしめようというのが、今夜の存念」

その直後、勘次郎の右側にいた男が、キラリと剣をあげた。

その動きに、周作は機敏に反射し、ぶつかるような勢いで突進し、一合刃《いちごうやいば》をあわせ、外《はず》しざま踏みこみ、苦もなく右籠手《こて》を切って落した。

この機敏な反射というのは、木刀による古来の形《かた》稽古からは、よほどの名人でないかぎり容易に出て来ない。面籠手をつけ竹刀で撃ち合い稽古をするようになってから、日本の剣客の身にそなわりはじめたものだ。

周作はそう信じている。

余談ながらかれが竹刀稽古の剣術を世に広めつくした晩年、門人がこう質問した。

「先生が竹刀稽古を唱導されてより、剣術は古《いにしえ》の剣客より一般に上手《じょうず》になったといわれております。人によっては、〝昔の名人は、今の下手《へた》〟とさえ申しますが、このこと、果していかがでございましょうか」

こんな質問が出るまでに、剣術というものは飛躍的に進歩したといっていい。

「もっともな疑問だ」

と、晩年の周作は答えている。

「いまはたしかに上手になった。しかし剣術そのものは、昔の兵法《ひょうほう》から出ており、その形から一歩も進んでいない。だから単に上手、下手だけで昔を軽蔑することはできない」

とにかく戒行寺門前の周作。

一人の右籠手を切り落すや、身をかえして乱刃のなかに入り、襲って先《せん》を取り激しく動いてたちまち三人の籠手を撃って取り、息もつかず、残る勘次郎に突きを入れた。

勘次郎、夢中ではずした。外しおわったときに、ふたたび突きが来た。いわゆる二段の突きである。古来の剣術にはない。

勘次郎は、やっとはずした。が勘次郎が構えを直す隙もあたえず、周作はもう一度踏みこみ、三段目の突きを目にもとまらぬ迅《はや》さで突き出した。

こうなれば、古法でいう太刀の呼吸もなにもあったものではない。機敏な者の勝ちである。勘次郎は、外しも避けもできなかった。

胸に受けた。

鳩尾《みぞおち》から背にかけて串刺し同然になり、どっと周作に体を寄せてきた。

周作、飛びのいて剣を抜き、懐紙をとりだすと、鍔元《つばもと》から二度、勢いよく血のりをぬぐった。

「二人、死んだ」

と周作は、そこここで腕を落されてうめいている連中にいった。

「人目がうるさい。傷のかるい者は道場まで駈けて行って引き取りの人数を連れて来《こ》よ。あとを追いはせぬ」

一人が、剣を杖に立ちあがると、ゆっくりと坂をくだりはじめた。

周作は、その場を去った。

二

千駄ケ谷の「植甚」に帰ったときは、夜十時《よっつ》を過ぎていた。

（起すまい）

と思いつつ植木の林を足音を忍ばせて歩き、筧《かけひ》の水で足を洗おうとしたところ、母《おも》屋《や》の雨戸が急にあいた。部屋の明りが庭に流れ、その明りを背におのぶが立っている。

「千葉様？」

「そうです。こう、遅くなって」

と、周作は背をまるめ、口籠りながらいったが、部屋の様子では、植甚もその女房も、まだ寝ずに待っているらしい。

「どこへ行くんです」

「このまま部屋へ」

「心配して待っていたんですよ。お父っつぁんまで」

植甚は稼業がら朝が早い。それがまだ寝ずにいるというのは、よほど心配だったたからだろう。この家の者は、すでに周作が、ちかごろ何をしているかということを知っていた。道場などを破って歩けば、いつかは意趣返しされるということを、彼等は怖れている。

おのぶは、庭草履をはいて、周作のそばに寄ってきた。

逃げようとしたが、この場合、妙に反射がにぶった。おのぶに、袖をとられた。

「濡れている。まあ、血！」

そう言えば、胸もと、袴などが、なまぐさい血でぐっしょり濡れている。

おのぶが大声で母親をよび、周作のいやがるのもかまわず、その場で羽織をぬがせ、袴のひもをとき、帯をほどき、着物をぬがせた。

「襦袢《じゆばん》まで！」

それからが、大騒ぎだった。大いそぎで湯を沸かし、それをどんどん運んできては庭さきにいる周作の体にかけた。

周作は、下帯ひとつである。

その体を、おのぶと母親が、それぞれ手拭をまるめてこすった。

足にこびりついている血は、容易にとれなかった。足の指のまたの一つ一つに、おのぶの指がからみ、血と泥をこそげ落した。

（くすぐったい）

と思ったが、周作はそんな顔もできず、唇を噛んでこらえた。

やがて縁にあげさせられ、全身をぬぐいおわってから、植甚の着ふるしの浴衣を着せられた。将棋の大駒小駒を模様にしたいきな柄だが、周作の体が大きいために、ちやんちゃんこのようにしかみえない。

「どうしたんです」

と、植甚がたずねたのは、座敷で茶が入ってからだった。

裏口で水音がさかんにしているのは、おのぶと母親とが、周作の衣類をとりあえず水洗いにしているのだろう。

「実は」

と、周作もわけを話さざるをえない。話す以上、最初のいきさつから詳しく話した。

植甚も、さすがに驚いたらしい。

「どうせそんなことになるんじゃねえか、と思っていましたが」

と、煙管《きせる》をもったまま、莨《たばこ》を詰めることも忘れて周作の顔をみつめた。

「道場と言や、われわれの肝っ玉では前を通るのも駈け通るほどにおっかねえところだ。その道場を何軒も破っているときいたとき、わるい稼業だと思った」

剣術使いという稼業が、である。

「二人、死なせなすったか」

「即死は二人ですが、あとで出血のために命を落す者が出るかもしれません」

「むこうが悪い」

と、植甚がいった。

「しかし人死《ひとじに》が出た以上、そうそう善悪ばかり言ってられねえ。お上《かみ》がきっと出てきなさる」

「いや、相手もこの道の者ですから、体面上奉行所には訴え出ないでしょう。たとえ奉行所から宮部《みやべ》へお取り調べがあっても、病気で死んだ、という体《てい》にすると思います」

そういってから周作は、

「かと申して、御当家に掛ってくるご迷惑はこれはどうしようもありません。きっとお呼び出しがありましょう」

「そんなことを言ってるんじゃねえ」

植甚は、さらりといった。

「こういう稼業のおかげで、ほうぼうのお屋敷にも出入りし、町方の与力の旦那にもつてがありやす。決してご心配なさることはないが、かんじんなのはおまえ様の身だ」

「明けがたまでに、立ち退《の》きます」

周作は、帰る道すがら、そのように覚悟していた。

「植甚」に掛る迷惑を考えると、一刻も早くこの家から去るほうがいい。

「いや」

と、植甚がおどろくのを、周作はおさえ、

「実は、江戸中の道場を破ってみようと思っておりましたが千駄ケ谷《とこ》と四ツ谷《ろ》だけでこんなざまになったのが残念です」

「おどろいたひとだ」

植甚は、やっと莨を詰めた。

「立ち退いて、どこへ行きなさる」

「これも素志でありましたが、このさい、諸国回行《かいぎょう》にうち発ちたい」

「回行と申せば、講釈などでいう武者修行ですかい」

と植甚はまた驚いた。武者修行などは寄席《よせ》だけできく言葉かと思っていたら、当家の居候《いそうろう》がそれをやるというのである。

「つぎつぎと道場を破ってゆきます」

「また道場を」

「左様、私の志は単に剣を磨くというだけではありませぬ。一流を興《おこ》す、ということにあります。わが発願《ほつがん》した北辰《ほくしん》一刀流を興すためには他流と優劣を競い、打ち負かした上で他流よりも優れているという世評を確立せねばなりませぬ。それには、一郷一郷を訪ね、一郷で隆盛をきわめている流儀に試合を求める必要があります」

「なるほど」

大変な稼業だ、という顔を植甚はした。

「いやさ」

と、植甚は苦笑しながら、

「これはこっちの手前勝手な思案だが、もしお前さんさえその気になってくださるなら、この植甚の店を差しあげたい、と思っていたんです。つまり」

と、裏口の気配をちょっと窺《うかが》って、

「おのぶのやつを、家付きの嫁にしてもらってね。お侍が町家の養子になる、てえのはちかごろじゃちっとも珍しかねえ話ですよ」

(いや、養子はもうかなわぬ)

植木職になるならないというより、まず第一に、周作はそのことにこりている。

「いや、笑い話ですよ」

と、植甚は、急にきまじめな表情《かお》になった周作へ、手をふった。

「お前さんはそんなことで埋《うず》もれさせていいお人じゃない。いまの一件、あたしの昼寝の夢のようなもんですよ」

植甚は、さらにいった。

「江戸を離れて、まずどちらへ行きなさる」

「上州」

周作は、ここ数年考えつづけている地名をいった。

「馬庭《まにわ》です」

「ああ、馬庭念流の」

と、植甚でさえ、その地名と流儀は知っていた。上州馬庭こそ古流儀の聖地のようなものであり、その流儀は、いわゆる古兵法のなかで唯一といっていいほどの繁昌ぶりをつづけている。

「むろん、すぐには馬庭には参りませぬ。まわりの高崎、笠間、沼田などは剣術繁昌の地で英才雲のごとしといわれています。それらをつぎつぎと降してから、馬庭へ参りたい」

「なんの、お前さんの腕なら馬庭念流の宗家などはどうということはありますまい」

「いや」

周作は苦笑した。

「宗家どころか、かつてその高弟という人物に手ひどく負けたことがあります。しかも馬庭念流は、関東一円に門人千人を呼号している大流儀、孤剣で立ちむかって行って勝てるかどうか、目算もありません」

「負ければ？」

「落命するか、運よくいって廃人です」

「なんという稼業だ」

そこへおのぶと母親がもどってきた。植甚は、周作とやりとりした話のいきさつをふたりに伝え、言いおわってから、

「それだけだ」

といった。口やかましく問い騒ぐな、という意味である。

周作は、部屋にひきとった。

すぐ寝床に入り、眼をつぶった。あす、朝が早い。眠ろうとしたが、さすがに雑念《ざつねん》がつぎつぎと起こってきて寝つけない。

母屋では、またあたらしい物音がしはじめたようであった。

周作の朝発ちの支度のために、母娘《おやこ》は今夜は夜明かしするつもりなのであろう。

おことわり

本作品中には、今日では差別表現として好ましくない用語が使用されています。

しかし、江戸時代を背景にしている時代小説であることを考え、これらの「ことば」の改変は致しませんでした。読者の皆様のご賢察をお願いします。

（出版部）

|著者| 司馬遼太郎　1923年大阪市生まれ。大阪外国語学校蒙古語部卒。産経新聞社記者時代から歴史小説の執筆を始め、'56年「ペルシャの幻術師」で講談社倶楽部賞を受賞する。その後、直木賞、菊池寛賞、吉川英治文学賞、読売文学賞、大佛次郎賞などに輝く。'93年文化勲章を受章。著書に『竜馬がゆく』『坂の上の雲』『翔ぶが如く』『街道をゆく』『国盗り物語』など多数。'96年72歳で他界した。

新装版《しんそうばん》　北斗《ほくと》の人《ひと》(上)
司馬遼太郎《しばりようたろう》

2006年2月15日第1刷発行
2023年3月31日第15刷発行

講談社文庫
定価はカバーに
表示してあります

発行者──鈴木章一
発行所──株式会社　講談社
東京都文京区音羽2-12-21　〒112-8001
電話　出版　(03)　5395-3510
　　　販売　(03)　5395-5817
　　　業務　(03)　5395-3615
Printed in Japan

KODANSHA

デザイン─菊地信義
本文データ制作─講談社デジタル製作
印刷───株式会社KPSプロダクツ
製本───株式会社国宝社

ISBN4-06-275320-0

講談社文庫刊行の辞

二十一世紀の到来を目睫に望みながら、われわれはいま、人類史上かつて例を見ない巨大な転換期をむかえようとしている。

世界も、日本も、激動の予兆に対する期待とおののきを内に蔵して、未知の時代に歩み入ろうとしている。このときにあたり、創業の人野間清治の「ナショナル・エデュケイター」への志を現代に甦らせようと意図して、われわれはここに古今の文芸作品はいうまでもなく、ひろく人文・社会・自然の諸科学から東西の名著を網羅する、新しい綜合文庫の発刊を決意した。

激動の転換期はまた断絶の時代である。われわれは戦後二十五年間の出版文化のありかたへの深い反省をこめて、この断絶の時代にあえて人間的な持続を求めようとする。いたずらに浮薄な商業主義のあだ花を追い求めることなく、長期にわたって良書に生命をあたえようとつとめるところにしか、今後の出版文化の真の繁栄はあり得ないと信じるからである。

同時にわれわれはこの綜合文庫の刊行を通じて、人文・社会・自然の諸科学が、結局人間の学にほかならないことを立証しようと願っている。かつて知識とは、「汝自身を知る」ことにつきていた。現代社会の瑣末な情報の氾濫のなかから、力強い知識の源泉を掘り起し、技術文明のただなかに、生きた人間の姿を復活させること。それこそわれわれの切なる希求である。

われわれは権威に盲従せず、俗流に媚びることなく、渾然一体となって日本の「草の根」をかたちづくる若く新しい世代の人々に、心をこめてこの新しい綜合文庫をおくり届けたい。それは知識の泉であるとともに感受性のふるさとであり、もっとも有機的に組織され、社会に開かれた万人のための大学をめざしている。大方の支援と協力を衷心より切望してやまない。

一九七一年七月

野間省一

講談社文庫　目録

さいとう・たかを 戸川猪佐武 原作　歴史劇画 大宰相〈第二巻 鳩山一郎の悲運〉
さいとう・たかを 戸川猪佐武 原作　歴史劇画 大宰相〈第三巻 岸信介の強腕〉
さいとう・たかを 戸川猪佐武 原作　歴史劇画 大宰相〈第四巻 池田勇人と佐藤栄作の激突〉
さいとう・たかを 戸川猪佐武 原作　歴史劇画 大宰相〈第五巻 田中角栄の革命〉
さいとう・たかを 戸川猪佐武 原作　歴史劇画 大宰相〈第六巻 三木武夫の挑戦〉
さいとう・たかを 戸川猪佐武 原作　歴史劇画 大宰相〈第七巻 福田赳夫の復讐〉
さいとう・たかを 戸川猪佐武 原作　歴史劇画 大宰相〈第八巻 大平正芳の決断〉
さいとう・たかを 戸川猪佐武 原作　歴史劇画 大宰相〈第九巻 鈴木善幸の苦悩〉
さいとう・たかを 戸川猪佐武 原作　歴史劇画 大宰相〈第十巻 中曽根康弘の野望〉
佐藤　優　人生の役に立つ聖書の名言
佐藤　優　戦時下の外交官〈ナチス・ドイツの崩壊を目撃した吉野文六〉
佐藤　優　人生のサバイバル力
斉藤詠一　到達不能極
佐々木 実　竹中平蔵 市場と権力「改革」に憑かれた経済学者の肖像
斎藤千輪　神楽坂つきみ茶屋〈禁断の盃《さかずき》と絶品江戸レシピ〉
斎藤千輪　神楽坂つきみ茶屋2〈突然のピンチと喜寿の祝い膳〉
斎藤千輪　神楽坂つきみ茶屋3〈想い人に捧げる鍋料理〉
斎藤千輪　神楽坂つきみ茶屋4〈頂上決戦の七夕料理〉
作画：蔡志忠 訳：和田武司 監修：野末陳平　マンガ 孔子の思想

作画：蔡志忠 訳：和田武司 監修：野末陳平　マンガ 老荘の思想
作画：蔡志忠 訳：和田武司 監修：野末陳平　マンガ 孫子・韓非子の思想
佐野広実　わたしが消える
司馬遼太郎　新装版 播磨灘物語 全四冊
司馬遼太郎　新装版 箱根の坂(上)(中)(下)
司馬遼太郎　新装版 アームストロング砲
司馬遼太郎　新装版 歳　月(上)(下)
司馬遼太郎　新装版 おれは権現
司馬遼太郎　新装版 大 坂 侍
司馬遼太郎　新装版 北斗の人(上)(下)
司馬遼太郎　新装版 軍 師 二 人
司馬遼太郎　新装版 真説宮本武蔵
司馬遼太郎　新装版 最後の伊賀者
司馬遼太郎　新装版 俄(上)(下)
司馬遼太郎　新装版 尻啖え孫市(上)(下)
司馬遼太郎　新装版 王城の護衛者
司馬遼太郎　新装版 妖　怪(上)(下)
司馬遼太郎　新装版 風の武士(上)(下)
司馬遼太郎　戦 雲 の 夢〈レジェンド歴史時代小説〉

司馬遼太郎 海音寺潮五郎　新装版 日本歴史を点検する
司馬遼太郎 井上ひさし　新装版 国家・宗教・日本人
司馬遼太郎 陳舜臣 金達寿　新装版 歴史の交差路にて〈日本・中国・朝鮮〉
柴田錬三郎　お江戸日本橋(上)(下)
柴田錬三郎　貧乏同心御用帳
柴田錬三郎　新装版 岡っ引どぶ〈柴錬捕物帖〉
柴田錬三郎　新装版 顔十郎罷り通る(上)(下)
島田荘司　御手洗潔の挨拶
島田荘司　御手洗潔のダンス
島田荘司　水晶のピラミッド
島田荘司　眩（めまい）暈
島田荘司　ア ト ポ ス
島田荘司　異 邦 の 騎 士〈改訂完全版〉
島田荘司　御手洗潔のメロディ
島田荘司　P の 密 室
島田荘司　ネジ式ザゼツキー
島田荘司　都市のトパーズ2007
島田荘司　21世紀本格宣言
島田荘司　帝都衛星軌道

2022年12月15日現在

「司馬遼太郎記念館」への招待

司馬遼太郎記念館は自宅と隣接地に建てられた安藤忠雄氏設計の建物で構成されている。広さは、約2300平方メートル。2001年11月に開館した。

数々の作品が生まれた自宅の書斎、四季の変化を見せる雑木林風の自宅の庭、高さ11メートル、地下1階から地上2階までの三層吹き抜けの壁面に、資料本や自著本など2万余冊が収納されている大書架、……などから一人の作家の精神を感じ取っていただく構成になっている。展示中心の見る記念館というより、感じる記念館ということを意図した。この空間で、わずかでもいい、ゆとりの時間をもっていただき、来館者ご自身が思い思いにしばし考える時間をもっていただきたい、という願いを込めている。　(館長　上村洋行)

利用案内

所 在 地　大阪府東大阪市下小阪3丁目11番18号　〒577-0803
T E L　06-6726-3860(友の会)
H　P　http://www.shibazaidan.or.jp
開館時間　10:00～17:00(入館受付は16:30まで)
休 館 日　毎週月曜日(祝日・振替休日の場合は翌日が休館)
特別資料整理期間(9/1～10)、年末・年始(12/28～1/4)
※その他臨時に休館することがあります。

入館料

	一　般	団　体
大人	500円	400円
高・中学生	300円	240円
小学生	200円	160円

※団体は20名以上
※障害者手帳を持参の方は無料

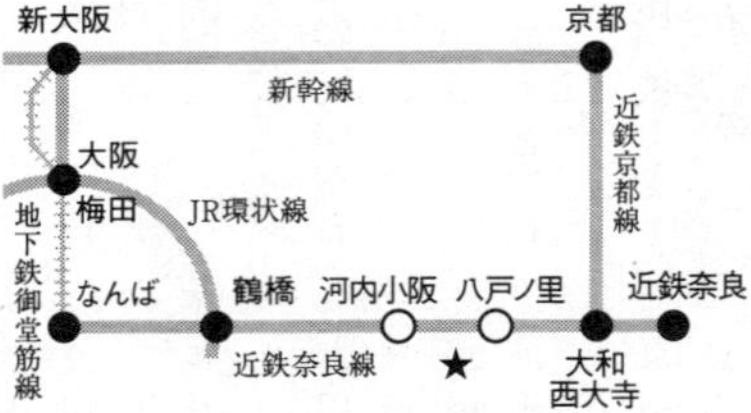

アクセス　近鉄奈良線「河内小阪駅」下車、徒歩12分。「八戸ノ里駅」下車、徒歩8分。
Ⓟ5台　大型バスは近くに無料一時駐車場あり。但し事前にご連絡ください。

記念館友の会　ご案内

友の会は司馬作品を愛し、記念館を支えてくださる会員の皆さんとのコミュニケーションの場です。会員になると、会誌「遼」(年4回発行)をお届けします。また、講演会、交流会、ツアーなど、館の行事に会員価格で参加できるなどの特典があります。

年会費　一般会員3000円　サポート会員1万円　企業サポート会員5万円
お申し込み、お問い合わせは友の会事務局まで
TEL 06-6726-3860　FAX 06-6726-3856